姜辜 ｜ 小 花 阅 读 签 约 作 家

懒，拖延症，自由散漫，非典型摩羯座。
柜子里塞满了奇奇怪怪的裙子，喜欢冷门的东西。
很多方面都不太像女孩子，话多话少看心情。
再圆一句回来，偶尔还是个很好玩的人啦。

伙伴昵称：wuli 璇，奶黄包
个人作品：《遥不可及的你》《深宅纪事》

路途遥远，
我们在一起吧

FLORET

READING

▼

姜辜 著

【美好时光列车】系列 04

因为遇见你，
所以我想要变成更好的自己。

上海故事会文化传媒有限公司

上海文化出版社

《弥弥之樱》

笙歌 / 著

标签： 我的青梅竹马不可能这么可爱 / 黑到深处是真爱 / 别家的孩子

有爱内容简读：

"是时候告诉大家了，其实我就是他的女朋友。"

喜欢你多久了呢？

从你刚刚那样子亲吻我；从你坐在对面教学楼，我们隔着一个小广场的距离相视而笑；从我们每次回家的时候，你让我靠在你肩膀休息；从你隔着被子把我抱在怀里哄我起床的时候……

我想起过往的点点滴滴，才确定，如果是命运的安排，那我睁眼看到你的第一眼起，就注定要喜欢你。

《路途遥远，我们在一起吧》

姜辜 / 著

标签： 温柔又毒舌的面瘫入殓师 / 元气朝气的警队甜心 / 高甜预警

有爱内容简读：

"从第一次见面起，我就觉得你的眼睛很亮，你也很好看。"

"知道了。"莫名地，江棉就开始泪如雨下，"我知道了，阿生。"

阿生，我喝完这杯水了，嘴里的薄荷味很浓，冰箱也依旧在嗡嗡作响。

大概还有三个钟头天才会慢慢地亮起来，可是从这一刻起，我就已经开始想你了。

所以，阿生——其实每次这么叫你，都会让我的心变得潮湿和柔软。

那么阿生，明天见。

《请你守护我》

九歌 / 著

标签：磨人总裁大大 / 千年芙蓉妖 / 整个妖生都崩溃了 / 契约情人

有爱内容简读：

具霜盯着他的眼睛看了很久，终于面色舒展，呼出一口浊气："我认输了。"

她全然放弃了去挣扎，让自己在他眼中的星海里沉沦。

语罢，她又突然弯起嘴角笑了笑："可是我们来日方长，总有一天我会斗赢你。"

就这样吧。

没有什么需要去躲避，她不怕，她什么也不怕。

看着她唇畔不断舒展绽放的笑，方景轩嘴角亦微微扬起："那么，请你守护我，我的山大王。"

具霜脸上笑容一滞，反复回味一番才恍然发觉方景轩这话说得不对，旋即恶狠狠地瞪向他："啊呸！我才不是山大王，叫我山主大人！"

方景轩眼角眉梢俱是笑意："哦，山大王。"

具霜气极，一拳捶在方景轩胸口上："都说了不是山大王！"

《听我的话吧》

鹿拾尔 / 著

标签：平台人气主播 / 冰山异能少年 / 鬼知道我经历了什么 / 危险恋爱

有爱内容简读：

说起来，我一直觉得你很像一个人。

一个见证了我前二十多年里少见的一次出糗的人。

命运捉弄的重逢后，又想用一辈子珍之重之妥帖收藏的人。

聂西遥将薛拾星紧紧搂在怀里，低笑。

"我已经牵连了你……薛拾星，我答应过，如果你遇到危险，我都会来救你，不管怎样我都会来救你。"

"聂西遥……"薛拾星的眼泪一下子流出来。

他呼吸很重，一下又一下打在薛拾星的脖颈处，但眼底一片平静。

"我会用我的一生保护你，你……信不信我？"

《顾盼而歌》

晚乔 / 著

标签: 雅痞腹黑大明星 / 软萌隐藏迷妹 / 超能力VS免疫超能力 / 两个世界

有爱内容简读:

"我不知道我在想什么,所以,你直接说。"

面前的人眼睫轻颤,小小的拳头捏在两侧,又害怕又期待的样子,让人恨不得把她一把抱到怀里,再不放开。顾泽低了低眼睛,难得地强行让自己镇定了一把。

这是他第一次在遇到意外的时候这样无措,原本觉得她爱逃,怕吓着她,但是……

"我之前不说,是因为觉得你没有准备好,而我对你没有把握。但现在看来,是我估算错误了。"顾泽的唇边漫开一抹笑意,如同滴在水里的墨色,慢慢晕开,直至蔓延到他的眉眼,变得极深,"很感谢你陪着我骗人,没有揭穿那条微博,但从现在开始,让它变成真的好吗?"

"你能不能再直接……"

"我喜欢你很久了。"

《三千蔬菜入梦来》

九歌 / 著

标签: 吃货萝莉 / 腹黑除妖师 / 活了一千五百年才初恋 / 妖王她是个土豆

有爱内容简读:

千黎不知不觉就弯起了嘴角:"我倒是对你更感兴趣。"

李南泠不禁打了个寒战:"女孩子家家的,别笑得这么荡漾。"

她的声音仿佛有着蛊惑人心的力量,让盘踞在李南泠脑子里挥之不去的声音陡然间全部消散,他将那柄槐木剑高高举起,只一剑下去,所有锁链皆应声而断。

他脑子里也仿佛有根弦就此断去,无数记忆碎片蜂拥而至,如潮水一般涌来,纷纷灌入他脑子里。

渐渐地,那些碎片交汇拼凑成一幅幅完整的画面,犹如放电影般在他脑海里一帧帧跳跃。

他在这短短一瞬之间,仿佛又重新经历一世轮回……

作者前言

写在最前面

写这个前言的时候，正好放国庆假。

因为家里在重新装修，漫天都是灰尘和甲醛，所以我一个人孤傲地留在了长沙。

其实不单是国庆，中秋我也是在长沙过的。不过，说出来你们可能不信，在露露回家过节吃五仁月饼的时候，我、伞哥、琳达三个人非常豪气地在饭店点了八个菜！

你以为我的重点是"我们很豪气"吗？不，我们大户人家豪气惯了，所以我的重点是——我点的菜，居然不难吃，而且还有点好吃！要知道，我一直深陷于"不管去哪里吃饭，总能精准地点到最难吃的菜没有之一"这个魔咒中，所以我宣布，你们必须为我鼓掌！

呀，扯远了。

虽然一个人在他乡度过七天长假这件事怎么看怎么可怜，虽然我每天都叼着牙刷和各种外卖师傅见面，虽然微信群里几乎只存活着我和伞哥（放长假的时候，我们是联系不到露露的，她仿佛背着我们在土星旅游，同时琳达也好像住进了通信商覆盖不到的区域里，总之，我和伞哥永远像是在私聊），但是，我还是靠着偶然刷到的一部美剧和一本封面很美的书，非常自在和悠闲地享受完了国庆长假。最值得一提的是，琳达因为没有赶上高铁，所以只好带着她十斤重的电脑来我这儿睡了一晚。叮咚——"日常睡小花·琳达篇"，完美达成。

啰啰唆唆交代完自己还不算太差的近况之后，也该和你们说说我的第二本现代长篇小说了。

首先，是它又长又少女的书名。其实一开始，我以为会被换掉，毕竟这只是我一瞬间的想法，但没想到烟罗姐说她很喜欢，于是正儿八经地定下来了。

其次，是男主的职业，不多见的入殓师。不知道大家对这个职业抱着怎样的看法和期待，但不管怎样，我都想要告诉大家，祁又生是一个非常温柔、非常棒的男人。

最后，是男女主之间的相处。江棉和祁又生不像于童和何昭森，他们两个人没有那么深的羁绊，也没有那么多的爱恨情仇，甚至连一场像样的架都没有吵过。他们从认识到决定在一起，都是缓慢且平和的。如果说于童和何昭森像火的话，那么，江棉和祁又生就像是一捧水。

爱情嘛，本来就是千姿百态的，对吧？（不准反驳，反驳无效）

最后的最后，我想说，一个人靠着一部好剧或者一本好书，的确能给自己放一个不与外界过多接触的假，但轻松过后，我们还是得面对这长长的一生。所以，我宣布，放完假在看完这个故事之后，你们必须回到我身边，我们必须结伴一块上路。

冲破了魔咒的小仙女我，一定会给你们点上最好吃的菜的。

所以，放心吧。我们接下来的旅程，一定会更有意思。

姜辜

路途遥远，我们在一起吧

目　　录
Contents

路途遥远，
我们在一起吧

目　　录
Contents

这世间路途漫漫，
幸好，我们可以并肩同行。

楔子
- 秘密 -

——你的眼睛长得真好看。

——谢谢。

祁又生没什么表情地戴上手套，将一针防腐剂打进了眼前那具已然僵硬的身体中。

——嘶……好疼！开个玩笑啦，其实我不疼。

——我知道。

祁又生重新调试了一遍水温——没办法，殡仪馆里的气温比外头低很多，加之设备老旧，原定好的温度，总会在不知不觉中下滑个两到三摄氏度。

但祁又生做事，向来精准到偏执，他甚至不容许入殓工具的摆放顺序出现不平衡之感。被他带过的两个实习生，没有一天不是在胆战心惊中度过的——他们不怕殡仪馆森然的氛围，也不怕近在眼前的逝者，更不怕告别厅里恸哭或者勃然的亲友，他们只怕祁又生将眼皮子一抬，冷淡却又似无意地说出一句，这里做错了。

　　——真奇怪，你刚给我打针的时候我不疼，你现在给我洗手和脚，我也不痒。
　　——因为你死了，没有知觉很正常。
　　祁又生下意识地顿了顿，莫名地觉得对担架上的往生者有些失礼，尽管他知道他说的是事实，但同时他也知道，他心里那一星半点的愧疚是为何。

　　——哦，对哦，我差点都给忘了。可我以前真的是个特别怕痒痒的人。
　　这就是原因。
　　祁又生从事入殓师这份行业已五年，却从未见过这样的往生者——面对死亡，不哭、不闹、不恐惧、不惋惜，甚至对他能听见她还未彻底死去的大脑所发出的信息这件事，都不觉得吃惊。她只是像出门散步偶遇了老友般，立马熟络地同他攀谈起来——哪怕一切都是以脑中残存的意识为载体，哪怕一切都寂寂无声。
　　祁又生想，如果她的身体也和她的大脑一样，凋零得稍微迟缓一些，那么她此时一定是笑着的。可惜了。

——死了也好。反正对一个女人来说，好吧，至少是对我来说，没有好看的脸，还不如死了算了。

祁又生没有接应她的话，他只是起身，从工具台上拿了一罐凡士林回来。

接下来，他要替眼前这位"还不如死了算了"的往生者的面部做一个润滑的打底——别的往生者是因为逝去后皮肤太过干燥，而她，则是因为面部——如果，那还能称之为一个年仅二十二周岁的女性的面部。

那是十分严重的腐蚀性伤害。

几乎有四分之三的脸都被那层凹凸不平的皮肤给裹住，甚至连带着靠近额头的那一小块头皮，都已经长不出任何毛发。不仅如此，眼前这位往生者还没有眉毛和睫毛。祁又生仔细地端详着这张令旁人恶心或悚然的脸，没有任何不适。不管是大学时无缘继续的法医，还是如今殡仪馆资历最高的入殓师身份，都不允许他对死者滋生出如此业余的感受。

祁又生的指尖蘸着淡黄色的凡士林，在往生者的眼皮和鼻梁处，来来回回涂抹了好几遍。听人说，那瓶浓硫酸是直接对着她的上半脸泼过去的，还没来得及上救护车，就已经瞎掉了一只左眼。

祁又生向来不信传闻和他人说，但如今看来，似乎真的是这么回事。她的眼眶和鼻子受损最为严重，同时也萎缩得最厉害，一眼望去，仿佛已不是一张正常的人脸，而只是一些被临时拉来凑齐"五官"的物件。小小的，扭曲又狰狞，同时还哀哀地叹着气。

——对了，你有偏橘色的口红吗，我比较喜欢……算了，我总是忘记自己已经毁容了这件事，就像我总是忘记今年到底是几几年一样。随你怎么化吧，反正我丑。

——不丑。

祁又生将头顶的灯拧得更亮了些。

——少骗人了，每次照镜子我都恨不得去死。倒是你，长得这么好看，嘴又这么甜，放的歌也好听，我要是还活着，说不定会来追你。

——谢谢，是理查德的《月光曲》。

——名字也这么好听！既然如此，那不如你稍微停一下？我心情不错，有个秘密想告诉你。

——秘密？

祁又生兴趣不大，但聆听往生者最后的话是他的习惯，更是祁家长久以来的传统。

——对，秘密。一个关于到底是谁，用刀子把我心脏捅穿的，秘密。

在钢琴曲最后一个音节落下之时，祁又生已将此番入殓全部完成。

他将手套摘下，将提前准备好的身份牌挂在了担架前。

　　牌子很小，正面只够放下名字和编号，背面则是一张不太清晰的一寸黑白照。

　　祁又生想，除开性别和住址，这种身份牌和往生者们那些已被作废的身份证也没什么区别了。或者说，其实根本没区别——死亡面前，不分男女，最后去的，也是同个地方。

　　"吱呀"一声，门被人从外面打开了。

　　祁又生站在原地，目送着担架被两名护工缓缓推出入殓室，他一如平常地将口罩轻轻取下，并朝着那个方向鞠了一躬。他声音低沉，照旧听不出起伏与喜乐。

　　他说："一路好走。"

第一章
- 江棉 -

江棉最讨厌的东西，就是夏天了。

夏天，一个永远热衷于用气温将人逼到崩溃边缘的漫长季节。但疲惫和干燥的生活里，向来不缺柔软和浪漫的造梦家——比如总有些女孩会愿意忽略那层逼人的暑气和耀眼到变成白色的日光，她们只会眉眼弯弯地想到冰镇饮料、甜西瓜、蓝色的大海、飞起来的花裙摆和隔壁班那个最帅的男孩子。

她们可真好啊！江棉发自内心地羡慕。

北京时间下午两点十分，离正式上班还有二十分钟，江棉就已经到了办公室。

因为她有很多事情要做。

作为一个刚考进刑警大队的实习生，她得比整个办公室的人都早到。

首先，她得将空调打开，调到18℃，然后去走廊的尽头接上一壶水回办公室，在角落里按下烧水键，等它煮沸后就能将大家伙的茶杯都给填满了，但杯盖得掀开，因为这样它等会儿才不会那么烫嘴。

接着，她得扫一扫其实没有什么垃圾的地面，再整理一番公共大桌上散落的报纸——单人的办公桌其实比这里更乱，但江棉懂分寸地从不插手，不过，替它们擦去表面那层烟灰却是必不可少的日程。

最后，也就是在下午两点半的时候，她得将空调升高至26℃——这是上午下班的时候，空调遥控器上遗留的数字。

最后的最后，她会赶在第二个人进办公室前，装出一副不经意的样子，目光闲散地落向窗户外那排杜英树上。

"小江又是第一个到的啊。"不管第二个进办公室的人是谁，总会选这么一句开场白。

"还好。"江棉礼貌地笑笑，"其实我刚到，还没来得及坐下呢。"

这个世界就是这么莫名其妙——其实没有人明令江棉必须做这些职务之外的琐事，但她就是得这么做；其实第二个人也明知江棉早就到了办公室并做了一堆琐事，但他就是会顺着江棉的那句"刚到"，来维持一个和谐的过场。

　　江棉捧着水杯灌了一大口温水才坐下——整个办公室只有她是不喝茶的，这点被几个年长些的同事笑话过，说："我们小江啊，还是个典型的学生，没长大。"虽然她也不清楚为什么不喝茶就是还没长大的学生，但她最后还是笑着附和了，一来是她真的不知道该说些什么；二来是她知道，这个世界，早就莫名其妙到让人问不出缘由了。

　　电脑此起彼伏的开机声在静谧的办公室里听来尤为吵闹。

　　江棉端坐在这片轰鸣声中，出神地盯着自己的手腕——长得跟平常的女孩子差不多，纤细修长，尺骨秀气地突出着，唯一的不同之处，大概只是多了个打眼的印记。

　　没记错的话，是大二那年散打课上的意外，所幸江棉不是疤痕体质，伤口结出的痂掉了之后只剩下一片平整的、不规则的暗褐色图形。

　　早就不痛了。江棉不以为意地转了转手腕。

　　"小江，还有四十分钟就开例会了，准备好了吗？"

　　"奇哥您放心，我都准备好了。"江棉笑笑，迅速将自己散漫的待机状态调成工作模式，"PPT和文稿我都检查了很多遍，不会有错的。"

　　"那就好。其实你办事我挺放心的，不求速度，只求效率和稳妥。年轻人嘛，这点最难得。"被唤作奇哥的人满意地点了点头，接着又像是想起什么似的指了指门外，"不过，我们这楼的打印机坏了，你得去公共区倒腾一下。记得早点弄好，别迟了让领导等你。"

"好，我这就去。"江棉利落地将一个小巧的 U 盘握进手心，快步朝楼下走去。

打印机的周身有些热，但还好只要绿灯亮起，它就不知疲倦。

江棉出神地凝望着机身下方的出纸部位，那里雪白的 A4 纸正吐个没完，好像勉强能与"生机勃勃""绵延不断"等词汇挂个钩，但江棉却实打实地有些沮丧，反正这些跟她没有关系。

因为她从来都没有参与过那堆文字描述里的"惊心动魄"，也没有遇到过像样的"艰难险阻"。虽说她还只是一个初出茅庐的实习生，但入队时间也不算短了，却从未接触过一起案子的侦查。她知道，并不是刑警队无案可查，而是这一切，都已经被刻意安排。

明面上的理由是考虑到江棉为女性，且侦查经验不足，所以才把她安排在了最轻松的支队末尾里，几乎从不出警，工作内容也仅限于整理一些资料，做一些开会要用的文本和汇报而已。

理由无可挑剔，安排也看不出有什么不妥之处，但江棉知道的，她知道组织和领导为什么要这么做——无非是体恤她和她的家庭情况罢了。

为什么讨厌夏天呢？因为夏天意味着失去爸爸。

在如今这种和平年代里，"烈士"这样的字眼，好像只存在于电视和小说中。

其实作为当事人的江棉也觉得陌生——不，那时候的她还不能算严格意义上的"人"，她只是一个蠕动在母亲子宫里的胎儿，靠着一汪羊水和一根脐带而努力地生长着，压根不知道外面的世界发生了什么，比如，她肯定想不到，还没有出生，她的人生就已经注定残缺。

相对于"没有爸爸"这个概念，先在江棉脑子里落地生根的是"家里有一面好玩的旗子"，不同于那些轻飘飘的绸缎，挂在江棉家的那面锦旗，是用丝绒做的。

小时候的江棉还不认识那面旗上写的字，自然更领悟不到那面旗的寓意，她只是把它当成了别的小朋友都买不到的，一个非常珍稀的玩具。她喜欢它厚重又舒适的手感，喜欢它坠在两边的长流苏，喜欢它红色和黄色搭配起来的明亮感，总之，她喜欢。当然，这份喜欢在她个子稍微高了一些，终于弄懂了那面锦旗的来由后，被她十分干脆地亲手终结掉了。

"今年真是见鬼的热，离开了空调，我一分钟都活不下去。"

女声非常清亮，甚至还带着些出鞘的凌厉，轻而易举地就从熙熙攘攘的会议厅里脱颖而出。江棉认识这个说话的人，是她的同门师姐，陶兮楚，比她高三届。

若还要追溯得更亲密一点，那就是二人曾在学校的宣传部里共过事。

陶兮楚人如其声，不管做什么都带着她嗓子里那份响当当的阵仗，先前有学妹因为粗心搞混了学校单双周的周刊排版，陶兮楚还没正儿八经地开口训斥，只冷着脸将样本一摔，那学妹就已经吓得哭成了一个泪人。这样的厉害，江棉见识过无数次。

"好不容易有个下午能歇歇。"陶兮楚皱着眉，扯了扯身旁遮阳的窗帘，"居然还撞上开例会。"

"行了，陶兮楚，少卖惨，我为了河源茶馆下边的那一群混混，已经两天没合眼了，你知道吗！"身后的同事大大咧咧地拍上了陶兮楚的肩，本想做出一副"难兄难弟"的架势来互相安慰，可在对上陶兮楚不悦的表情后，便玩心大发地换上了揶揄的笑脸，"对了，我可是听说，等你办完手头的案子，就能拿下今年优秀干警的名额了，要不我也提前说声恭喜？"

"去你的！"陶兮楚啐了一口，"你说得容易。现在受害者死了、嫌疑人跑了、摄像头坏了，把稍微有些关系的人带回来问话，结果半句有用的都捞不着，你还真以为这起案子好办呢！"

"是'莫寒清吧'那个故意杀人案吧？交给你们二队了？"

前排的另一个同事也插进了这场谈话中，可他却不等陶兮楚回答，又自顾自地说上了，"我听说受害人就是之前那个在商场被泼了硫酸的女人，这是得罪了谁啊，又被毁容又被灭口的。不过，话说回来，硫酸这案子最后怎么结的？"

"是一个三十来岁的民工。今年 2 月末开的庭，被判了十四年。"

陶兮楚的声音有些不自然，就像是被鱼刺鲠住了喉。她提了一口气，将浮现在自己脑海中那张扭曲而可怕的脸给压了下去——接到这个案子的时候，她甚至坏心思地感谢过上苍，幸好受害者因为失血过多救不活了，不然自己得整日面对那样的一张脸——算了，陶兮楚不愿意往下继续假设了，因为她深蓝色的警帽正摆在她的手边，它让她羞愧得快要窒息。

"民工？那上次的毁容会不会和这次最终的杀人有什么关系？"

"从现在收集到的证据来看，是没有什么关系的。"这次说话的不是陶兮楚，而是二队年纪最小的一个男孩子，和江棉同批的实习生，认真说话的时候，还能看到脸上未褪干净的稚气，"不过，我倒是挺佩服现在那个嫌疑人的，店子那么大，说不要就不要了。"

在此起彼伏的交谈声里，江棉仍旧维持着她刚进会议厅的动作——像个木偶般牢牢地钉在讲台后方，头深深地埋在胸前，手掌正用力地压着那沓还有些烫人的 A4 纸，谁也看不清她的表情。

江棉知道，她该离开讲台下去就坐了，毕竟离正式开会，只剩下不到十五分钟的时间。

可她不想下去，因为她刚刚什么都听到了，关于那起莫寒清吧的故意杀人，关于故意伤害被判了有期徒刑的民工，关于现在正在逃窜的嫌疑人，她什么都听到了，所以她才不想下去。

要去到自己的位置，就必须要路过那片发声源。她不想。

"嫌疑人有什么好佩服的。"

陶兮楚淡淡地看向身旁的实习生，脸上没什么动人的表情，却在心里虔诚地举起了三根手指，她发誓她没有恶意的，她只是被自己那些"不够称职"的想法吓到了，所以为了她刚刚在无形中丢掉的面子和抱负，此时的她，急需找一个更不称职的人来挽回一下，而那个人，非江棉莫属——毕竟不上战场的人，凭什么被称为士兵？

"你应该佩服和你一块进队的江棉同志。"陶兮楚这话一出，附近的人都变得哑然，于是，她的声音便更像是一把被磨尖了的短刀，直逼江棉的心脏，"毕竟你们是同期，她整天坐在办公室里什么也不干，而你却每天大汗淋漓地跑外面查案，可拿的工资都是一样的……"最后，陶兮楚笑了笑，"不对，可能她的工资，比你的还要高一点。"

又来了。

江棉抿着唇，默不作声。

这样的时刻又来了。

明明是自己从不挑食，按时午睡才得来的小红花；明明是自己努力复习，做了很多题目才考到的班级第一；明明是自己从不违纪，帮助了很多同学才拿到的优秀学生干部奖状；明明是……还有很多，很多这样的"明明是"。

不论自己在哪里，又做了什么，这样的时刻，总是无法幸免。

起初也哭过、委屈过、不解过、大声地辩驳过，可后来，江棉发现这些都没有用，因为旁人在乎的根本不是她的反应，他们只认他们愿意认的。比如，"英雄"有时候也可以成为某种程度上的原罪。

江棉想，既然都是徒劳，那不如就省点力气。沉默，可能是最好的办法。

"喂，陶兮楚你说什么呢？"

眼见陶兮楚越说越过分，一个同事赶忙出来打圆场。他看了看僵在原地的江棉，有些不忍，"江棉什么情况，大家都知道。你玩笑要这么开，就太伤同事间和气了。"

"我当然是在开玩笑。"陶兮楚抬起眼，对上了过道里江棉的侧脸，"江棉是我的同门师妹，她什么情况我还能不知道？就算现在全城高温，队里人手不够，难道我还真的会怪我师妹不成？你们不知道，江棉念书时，校长都亲自夸她办事能力是顶尖的。"

是的。虽然会有源源不断的质疑，却不会有人将这种情绪上升到责怪。

不管刚才陶兮楚那番话是真是假，但江棉自己知道，这个世界上绝大多数的人，都不会真的怪她——且不说学校和单位给过的优待，哪怕就是有朝一日她真的犯了什么大错，也依旧可以得到众人的理解和原谅——因为，她有一个为了国家和人民献出生命的爸爸。

江棉回到自己的位置上，用力地吸了一口气，才勉强将涌到眼眶的热意给压了下去。

所谓父爱，原来还可以这么理解。

可就是这种强大到不讲道理的庇佑，让她从骨子里，产生悲鸣和屈辱。

"张队。"开会结束后，江棉没有回自己的办公室，而是一直跟在刑警总队大队长张科的身后走，直到他都快走出这栋楼了，她才出声喊他，"请您……等一下。"

"嗯？"张科回过头，看着身后单薄的女孩子，和蔼地笑了笑，顺手打发走了跟着自己的几个小干警，"是棉棉啊，有什么事吗？今天的总结写得很好，差点都忘记夸你了。"

江棉又往前走了一两步，脸上的笑容有些僵，她追过来，不是为了讨要这份夸奖的。

听妈妈说过，刑警总队的张科是爸爸以前的战友。

江棉在参加工作之前，只要是逢年过节，总能在来慰问烈士家属的人群里看见张科的脸。她站在客厅的某个角落，乖巧地喊着每个人叔叔、伯伯，并且在脸上挂上一种像是"烈士家属"的微笑——这些都是妈妈在那些人进门之前，反复叮嘱过她的。

想到这里，江棉有些后知后觉，好像自己很少开口去问"为什么"，为什么要对那些素未谋面的大人笑？为什么要接受那些看起来精致又昂贵的礼品？为什么要看着那个像是一个黑漆漆的匣子，实则被称为"镜头"的东西表示感谢？其实，也不光是慰问这一回事。生活中她还有过别的，更多的困惑，却不知道为什么，她始终问不出"为什么"。

"有，我有一件事，得麻烦一下张队您。"进了刑警队之后，江棉便改了口，不管是私下见面还是在单位碰面，她再也没有叫过张科"张伯伯"，反倒是张科不觉得有什么改变了，只要不是特别正式的场合，他一如既往地喊她棉棉。

"我知道现在各个支队里人手都有些不够，而且最近天气特别热，听说有好几个人都中暑休了病假，我……"

"不行。"不等江棉说完，张科就出声打断。

他知道这个小姑娘现在在想些什么——或者说，自从江棉入职以来，他就知道江棉在想些什么。但有些东西，说不行，就是不行。

撇开江棉妈妈隐晦地拜托过，更大的原因，其实在他自己。

因为他到现在都还记得在欢迎会上看到江棉时的震惊，他怎么也没有想到，当初那个每次都站在客厅一角，四肢纤细、脸蛋清瘦的小姑娘，居然真的踏入了刑警这个行列。

明明家里已经有一个人因为这份职业再也回不去了，或者说，明明很有可能重蹈覆辙，为何她还要做出这样的选择？

"张队。"

江棉仍不死心，她承认陶兮楚那番话刺痛了她，但这份刺痛并不是来源于大庭广众下的奚落，也不等同于醍醐灌顶的点醒。诚实一点来说，其实是她自己，受够了这种现状。

"随便您把我调去哪个支队，再小的案子也行，我一定会好好查案，真的，只要能……"

"棉棉。"

张科看着江棉的眼睛，这是她长得最像她爸爸的地方，瞳仁又黑又亮。

"我知道你想做事、想献力，可队里还不到没人用的地步，况且你有特殊情况，是可以被优待的，而且你妈妈也支持我们这种做法，不是吗？"张科清楚，往往这个时候，只要他搬出江棉的妈妈，便可以轻松应对江棉的决心。

但今天，好像有些不一样。

果然，不同于往日的敬礼告别，此时的江棉，脸上几乎写满了执拗。

　　"刚刚您自己在会上也说了，要公私分明，要心中有大爱。这是您自己说的，我演讲稿上没写这段。"

　　"你这孩子。"张科笑了出来，"倔起来，还真跟你爸有得一拼。"

　　没记错的话，这是张科第一回主动在江棉面前提起她爸爸。

　　"我是他的女儿。"江棉顿了顿，她能明显地感觉到有什么东西，正慢慢地充斥着她的胸腔，这让她有些疼，还有些窒息。可就算如此，该说的话也还是要说。

　　她的指腹无意识地蹭着裤腿上那一根直直的竖线，眼前却蓦然浮现出那面已不再让自己觉得欢喜的锦旗。

　　她张嘴，口气里夹了几分与盛夏不符的凉意："可他要知道了我现在的样子，一定会觉得丢脸的。"

第二章
- 季野 -

　　季野在人群中，一眼就看到了江棉。

　　这么多年，他从来没有觉得江棉漂亮过。

　　哪怕她偶尔的样子总让周围的人或多或少地有些惊艳，但季野永远是老样子，从不觉得又瘦又白跟条挂面似的江棉哪里漂亮，漂亮应该是丰满绚丽，让人赏心悦目的，江棉显然不符合这两个条件，所以这么多年下来，他只是觉得江棉这个人，非常特别——特别到尽管他特别不喜欢特别这两个字，但他也还是莫名其妙地觉得只有它最配江棉。

　　这是真心话，这绝不是季野在为他匮乏的词汇库找借口。

　　"这里，还往哪儿看呢？"

重机车猛然停下的瞬间，车身里隐藏着的马达却没有断干净，细小的电流仍滚烫地来回蹿动着，一起一伏之间，竟让季野有些恍惚。他将挥在半空中的手给收了回来，刚刚，就在刚刚，他差点以为自己就和身下这辆机车一样，快要变成一头不会痛、只会向前冲、只会去伏击猎物的钢铁兽了——还好，他看到了傻站在办公楼大门口的江棉。

她让他瞬间明白，他从家里溜出来，不过是为了带她吃一顿小龙虾。

哪儿来的钢铁兽，太夸张了。看来无所事事果然容易滋生胡思乱想。

季野单脚撑地，微仰的下巴连带着突出的喉结一起，变成了黄昏里一道流畅的线条。他笑着看向这会儿终于跑到面前的人，挑眉问道："你是不是睁眼瞎，江警官？"

"你迟到了十八分钟。"

"哦，是吗？那……"季野挠了挠后脑勺，那模样闲散得压根就不像是个犯了错误、正在被家里禁足的倒霉蛋，末了，他还嬉皮笑脸地将两只手并拢递给江棉，"要不你铐下我，把我拉进去问个罪？正巧我还没有进过局子呢。"

"胡闹。"江棉白了季野一眼，熟练地跨上了机车后座，"说正经的，你今天为什么会迟到？我们当了这么多年的同学，除了上课之外，你干什么都不迟到的。"

"啧！"季野见江棉坐稳了才重新发动机车，他的声音夹杂在风声和机车本身的运作声中，有些微妙地失真，"你这话怎么听起来像是在暗讽我不爱学习似的？江警官，你别忘了，你现在已经是一个社会人士，而我还是一个涉世未深的男大学生，你得爱护我。"

"你呀，干脆再念一个大六好了。"说到这件事，江棉就有些郁闷，头盔下的眉头也轻轻地皱了起来，"你说你好好的干吗非要去打人？都在毕业的节骨眼上了，你就不能忍……"

"不能。"季野干脆地打断了江棉，口气也不知不觉地硬了起来，"那孙子欺负你，说你是靠烈士家属走后门拿的毕业奖，那么孙子的人不收拾，你留着过年？就得打，一秒都不能等，一下都不能忍。被延缓一年毕业又怎么样，老子乐意当个学生，吃火锅还能打八折。还有，江棉，你知道你当时拦着我的样子有多让我生气吗？你知道你那叫什么吗？你那叫妇人之仁！"

"季大少爷。"江棉和季野已经认识了十二年，同桌也至少坐了八年，但只有在非常无奈的时候，她才会这么喊他，"你什么时候能改改你这个脾气？"

"不改。"季野冷哼一声，"我们当代大学生就这个脾气！"

预订的餐馆在枫林街 249 号，是一家百年老店。

虽说装潢很破旧，连包厢里的电视机都是早些年的小屏款，但在餐馆堪称一绝的香辣口味虾和炭烤生蚝面前，任谁的膝盖都得软上两分，季野也不例外，一听江棉今晚愿意出来吃饭，便赶紧组局，又托熟人插了个队，这才勉强拿下最后一个包厢。

"我和江棉在中心桥那里堵了差不多二十分钟，还以为到这儿你们都已经吃上了。"季野推开包厢的门，撞进眼睛里的就是空空如也的桌子。

"哪能啊。"有人在委屈地抱怨，"霖哥说了要等你，你没来连菜都不许点。"

"他能有那么好心？"季野闻言扫了眼坐在最角落里的严之霖，那是他最好的哥们儿，没有之一。

"我告诉你们，你们霖哥就是怕我跑了，完了你们吃的都归他买单而已。"

严之霖倚着墙站起来，用脚踩灭了还未熄透的烟头。等人最无聊，他习惯性地抽了几支烟。脚是用了力的，但他看起来却还是一副懒洋洋的样子。

他笑了笑，模样清俊，桃花眼自带风情，像一只餍足了的猫科动物。

"是，季学弟讲什么，都是对的。"

"去你的！"季野一听就知道严之霖那厮又在嘲笑他延缓毕业的事，翻了个白眼后，顺手就将菜单给扔到了桌子上，"行了，行了，看电视的、玩手机的、什么也不干的，都过来点……"

"季野。"江棉小声地叫季野，她今天答应出来吃饭是有原因的，"我刚在路上跟你说的，这顿饭我来……"

"知道，知道。"季野虽然不是那么乐意，但还是点了点头，"那个你们点菜好好点啊，今天是江棉买单。"

"江棉买单？"严之霖闻言顿了顿，不动声色地将菜单翻到了较为平价的那一页。家里都是混迹商场的精明人，自然连带着他都变得聪明了些，"那看来一定是遇上了什么好事。"

"难道是江棉姐终于愿意跟我们季哥在一块了？"其中一人捂着嘴，语调却还是止不住地上扬，"这么多年，也的确该在一起了。你们看霖哥，女朋友都换了好几卡车了吧！"

严之霖冷飕飕地朝发声者那里瞥了一眼："你昨天求我给你买的东西还要不要了？"

"其实也算不上什么好事。"江棉腼腆地笑了笑。

自己开心是一码事，但要正儿八经地分享给大家又是另外一码事了，至少在她不算漫长的二十三年里来说，是极少有这样的时刻。所以，江棉后知后觉地有些羞。

"就我今天下班前调到了刑警二支队而已。正好季野今天约着大家一块吃饭，就想说这顿饭我来……"

"反正就是今晚上大家伙都得乖乖地——吃软饭。"季野知道江棉的，所以他便主动接过了话头，开始插科打诨。

毕竟像江棉这种有着妇人之仁的人，怎么好意思说得出今晚这顿饭就当作给自己工作调动的庆祝呢？这太矫情和自我，一点都不像她。

"所以你现在可以开始正式查案了？"江棉的事情，严之霖多多少少在季野那儿听过。

"嗯。"江棉重重地点了点头，"就是上个星期发生在莫寒清吧的杀人案，正式立案之后，由二队在全权侦查。"

"莫寒清吧。"严之霖好似不经意地蹙了一下眉头，但很快又恢复成他平时慵懒随意的样子。接着，他像是轻轻地笑了笑，语调也有种说不出的微妙，"叶雯雯啊！"

江棉下意识地一惊："你知道死者的名字？"

虽然这起案子自发生以来就是全城的议论焦点，但为了避免不必要的麻烦，电视台里的报道也只是暂时将死者称为"叶某"，更何况，通过调查发现叶雯雯并非本地人，只是本地师范大学表演系的一名在读大学生，没有住校，性格乖僻，几乎没什么朋友。

那为何严之霖还能准确地说出死者的名字？难不成——他们认识？

江棉疑惑地看向严之霖："你们是不是……"

"哎呀，江棉姐姐，你重点抓错啦。"

正在看电视的小不点将整个身子都转了过来，笑嘻嘻地打断了江棉的话。

　　小不点和季野还有严之霖住在同一片别墅区，虽说比他们俩小了几岁，但也是一起从小玩到大的伙伴。今天被季野喊来吃饭的，大多都是这种关系。

　　"我们霖哥关注的是前者'莫寒清吧'，那个叶什么雯的，肯定是他捎带记住的啦。他脑子那么好使，你又不是不知道。"

　　"为什么？"

　　江棉虽然在问小不点，但眼神还是落在了严之霖的脸上，后者看起来仍然波澜不惊。

　　小不点歪了歪头："因为霖哥以前追过莫寒清吧的老板啊，追了可久了，不然，江棉姐姐你以为像霖哥那么风流的人会去关注一个毁了容的死者和一条社会新闻？"言罢，他还觉得不够过瘾似的强调，"那个清吧老板我见过两回，真的特别好看，难怪大家都喊她'宁大美人'。"

　　大美人的名号和严之霖与其的风流韵事一被牵扯出来，整个屋子的场面就有些收不住了。

　　算了。江棉无奈地笑了笑，在一片讨论声中打消了自己还想要追寻线索的念头。

　　显然面前的这群公子哥儿仍沉浸在往日的风情中没有反应过来，不过，她在下班前也看了一点关于案子的文本资料，那个宁莫寒，的确漂亮。

"她……"严之霖靠着墙，手里不知道什么时候又多出了一支烟，不过好像没有现在要点的打算，"我是说宁莫寒，她现在是你们确定的犯罪嫌疑人吗？"

"具体的情况我还得等明天上了班才能弄清楚。但她现在的确是唯一的犯罪嫌疑人，加上她在事发后一直消失不见，这点，就足够让……"

"停停停！"季野十分受不了地掏了掏耳朵，没胆子凶江棉，就只能把气撒到严之霖头上。

"我说你怎么回事啊，严之霖，吃饭的时候不谈公事行不行？而且，那个宁莫寒你好像也没有追到手吧？那还问那么清楚干什么？还不如过来跟小不点他们看电视呢。"

"行吧，一块看电视。"严之霖对着江棉无奈地耸了耸肩，也不生气，反正他向来对季野纵容到没边，"看的什么？"

"中国历史发展史。"小不点见严之霖也凑了过来，便拿着遥控器把声音调大了点，"正好讲到姬宫湦，也就是周幽王。"

"哦，那个为了妃子点烽火台的？"季野顺嘴一问。

"对。"小不点心思转了转，伸手故意推了季野一把，"季哥，我问你，要是江棉姐姐不笑，你愿不愿意点烽火台呀？"

"这还用问？"季野不假思索，"不就几个烽火台嘛，人活着，开心最重要啊。"

"这不划算，季野，你不能这么做。"江棉站在人群后，看着电视里那片破败的山河城池，很浅地蹙了蹙眉。

在这之前，她只在历史书上见过西周的灭亡。

"你想，你要是好好守着江山，那么天下所有美人都是你的，你怎么就知道其中不会有比褒姒更得你心的呢？为了一个褒姒，赔上整座江山和未知的美人，这不划算。"

话音一落地，屋子里的弟弟们就放声笑了起来，既不是笑季野的昏庸，也不是笑江棉的较真，他们也不知道他们到底在笑什么，反正就是觉得刚刚发生的事情特别好笑。

季野被弟弟们笑得不太爽快，他咧了咧嘴对江棉道："难怪你找不到男朋友。没情趣，该！"

"我倒是觉得江棉讲得很对。"

谁也没料到严之霖会在此时开口，慵懒惯了的声音在一片嘈杂中显得很静。

"这非常不划算。我要是周幽王，绝对不会这么做。"

"操！"季野更不爽了，好像这全天下就只有他和周幽王拎不清这要害似的，"干脆你们俩凑一对得了，无趣到天荒地老。"

"我倒是乐意。"严之霖一笑，从善如流，"只是季学弟你舍得吗？"

"严之霖，我发现你这人真的特别……"

"行了，省点力气吃饭。"江棉从座位上拿起包准备出门。过去的十二年中，她已经看了太多场季野和严之霖的相杀戏码，早就见怪不怪，"我看你们点了冰啤酒，那我就先出去给你们买点酸奶和牛奶，免得伤胃。"

走进便利店中的江棉，却在冰柜前开始恍惚。

头一件压在心头的事，还是关于严之霖为什么会知道死者的姓名。

其实通过小不点那番解释，严之霖知道叶雯雯也在情理之中。毕竟严之霖与宁莫寒有过感情纠葛，在宁莫寒遇上这种事又下落不明的时候，难免会留意几分，况且只是一个死者的姓名，这对财阀二代严之霖来说，是再简单不过的事情了。

只是……只是他刚刚那番关于周幽王的话是什么意思？

江棉有股隐隐的直觉，严之霖并不是在单纯地附和自己。

就像小不点说的，严之霖脑子那么好使，所以他说的话一定代表了他自己的某种想法。

可是，他的想法又究竟是什么呢？

江棉还在漫无目的地想着，一抬眼却瞥见了自己身后站了一个人。

是一个男人。

身形高挑，在骄阳似火的盛夏八月却穿了一件深色的长袖衫，有刘海，是个很典型的平下巴，其他的就看不太清了，毕竟透明和银白色相间的冰柜所反射出来的景象是有限的——等等，江棉强迫自己打断速记人物外貌的职业习惯。因为，这不是此时的重点。

重点是这个人是什么时候站在自己身后的？又站了多久？自己站在这最少也有五分钟了，那他就这么一直一言不发地等着？

江棉盯着冰柜门上的人影看了一两秒后，身体才顿悟似的跟上精神的反应速度。

"不好意思，不好意思……"

江棉知道这有点小题大做了，但她也还是觉得道个歉比较好，一来是认为自己好像不应该在没什么证据，甚至连案情都没有知晓全面的情况下，就往自己朋友身上瞎猜想；二来是为了这种毫无意义的猜想，竟连累了一个无辜的过路人，总之——道个歉吧。

可她好像有些操之过急，身后的男人也似乎没想到她会这时候猛然转过身来，于是很不凑巧地，二人就这么凑巧地撞上了——说得确切点，其实是江棉朝着身后男人的胸腔，又直又狠地撞了上去。

男人站在原地没什么反应，江棉却被撞得一个趔趄，整个人都朝着后方倒去，但多亏了背后那个冰柜，得益于它的牢固，她才能在半秒钟之内找回平衡，不至于狼狈地跌倒在地。

而那个男人，自始至终都站在原地，连出手扶一把的意思都没有。

"你……"

其实江棉也不知道自己要说什么，她只是在疼痛过后，下意识地脱口而出一个简短的主语。虽说有些奇怪男人此刻的反应，但总不至于真的开口问责吧。

算了，矫情什么呢。见怀中的酸奶挨个完好，江棉便打算去付账了，毕竟还有一屋子的人在等她吃饭，要是她没上桌，季野也绝对不会让大家伙动筷子的。

只是江棉也说不好，明明已经抬腿将走了，她却突然想认真地看一眼对面的男人。

事实上，她也的确这么做了。

不算惊天动地的好看，也不是时下受追捧的类型。

脸很瘦削，双眼皮也非常浅，只有在眼尾处才能看到一点双眼皮该有的模样。瞳孔是纯正的黑色，在冰柜和日光灯的双重衬托下，那双眼睛黑得尤为沉寂，像是在深眠。鼻子倒是长得精致，山根也高得恰到好处。嘴唇偏薄，从唇色来看，不像是常年抽烟之人。

总之，江棉在彻底看清这张脸之后，想到的第一个词便是，清冷。

大概是看得太过认真——算了，江棉知道自己的，她刚刚已经不能说是"看"了，职业习惯，在打量人的五官时，她用的向来是"凝视"的力度。

所以那个男人的视线，也终于随之扫了过来。反应够慢的。

但慢归慢，江棉还是被男人同样清冷的眼神盯得心头一惊。

四目相对那一刻，江棉有些尴尬，于是只好低头，加快了离开便利店的步伐。

"先生不如办张会员卡吧？"

收银员一边扫码，一边小心翼翼地偷看着男人裸露在空气中的锁骨。

"我看您每天都来我们店里买苏打水，您常买的牌子在这个月有会员优惠哦，办张卡很划算的。"

男人没有说话，他的注意力全在他右手拿着的那张磁卡上。

这是刚刚那个在冰柜前站了很久的女孩子掉的，在她一头撞上来的时候——其实在看向她的时候，他就预备跟她讲的，但她的眼神实在过于纤细和锋利，就像某种鸟类，让人容易晃神。于是在晃神的那瞬间里，鸟飞走了。

收银员见男人没有反对，便自作主张地开好了一张会员卡。

"请问先生的名字是？"

"祁又生。"

第三章

- 祁又生 -

　　"据我台报道，今天北京时间十八点四十七分，我市在城西淮安街的莫寒清吧发生了一起凶杀案，死者是一名曾遭受过硫酸毁容的年轻女性，二十二周岁，叶某，大学生。刑警大队的干警们第一时间赶到了案发现场，经初步勘查，发现作案工具是一把十五厘米长的水果刀，与莫寒清吧厨房里所使用的水果刀规格相同，同时从摄像头保存的影像资料来看，死者在遇害前曾与一名女子发生争执，互有推搡。经确认，那名女子正是该清吧的老板，宁莫寒，但当刑警赶到现场时，该女子已不见踪影……"

　　"奶奶。"祁又生将一杯温热的豆浆递到正聚精会神看着电视的老妇人手里，"这都是上个星期的报道了，我给您换个频道？

戏曲台好不好？"

"你让开一些呀，你挡到我看电视了。"满头银丝的老妇人端坐在轮椅里摆了摆手，但很快她便发现这招没有起到什么作用，那位不速之客仍旧挡着自己看电视。这可真不妙。老妇人有些不开心地握紧了手里的玻璃杯，在充满透亮晨光和食物馨香的客厅里，她慢慢地仰起了脸。

她看着面前的祁又生，认真地问道："你是谁？为什么会出现在我家里？"

"奶奶。"祁又生又往老妇人手里送了一个祁母刚煎好的鸡蛋饼，"我是祁又生。"

"你才不是阿生。我的阿生在很远的地方上大学，今年暑假都没有回来，大家都说，他以后会是个很了不起的人。"老妇人撇了撇嘴，目光倏忽暗淡了一些，"可是他都不回来。"

她本来不想和眼前这个谎称是阿生的陌生人说这么多的，但阿生不回来这件事着实让她有些伤心，况且这个人刚刚还给过自己一杯豆浆，应该是个能倾诉的好人吧。

老妇人在心底叹了口气，将玻璃杯握得更紧了些，但紧接着她又困惑起来，她牢牢地盯着手中的豆浆，口气和五六岁的孩童有些相似："请问……这杯豆浆是谁给我的？"

"是我。"祁又生蹲在轮椅面前，没有一丝不耐烦，尽管他知道很可能三分钟之后奶奶又要问起他这杯豆浆的由来，不过不要紧，他愿意解释。

他微抬着头，像看小孩子一样看着眼前沧桑的老人，手掌也不自觉地轻贴在了她薄毯下的膝盖处。

"奶奶，我是祁又生，我已经回来了。吃完早餐，我让妈妈推您去阳台上看鸟好吗？您昨天答应我的，看了鸟，就会按时吃药。"

"阿生？"老妇人全然不记得看鸟和吃药这回事了，她只问，"你不用念书吗？"

"不用了。"哪怕已在心里过滤过千万次，但提及当年的事情，祁又生还是有些不自在，"都过去了，奶奶。您刚刚说我不回家的那个暑假，是五年前的事情。都过去了。"

"哦，原来是这样。"老妇人将信将疑地点点头，还没来得及可惜那已经过去的五年时光，她的注意力就又回到了电视上。

她伸出一根像是冬日枯枝般的食指，静静地指着屏幕上一个眼睛被打了马赛克的女性图像，然后，斩钉截铁地说："那个女孩子，我认识。"

祁又生随之回头，看到了电视上的宁莫寒——或者说，是刚刚那通报道里莫寒清吧的老板。

其实，贴出来的这张照片选得并不好，显得她最引以为傲的鹅蛋脸有些太圆了。

祁又生甚至都已经想到了宁莫寒在看到这张照片后气得咬牙切齿的样子，她一定会夸张地跺脚，并且愤懑不平地大喊："有没有搞错，我这么漂亮，哪一张照片不能给时尚杂志做封面，怎么偏偏就选了一张这么丑的放上去了？有没有搞错？"

"有没有搞错"是宁莫寒的口头禅之一，从高中开始。

可不管是被人喊着宁大美人的宁莫寒，还是淮安街莫寒清吧的老板，现在的她，都逃不脱另一个新身份了——凶杀案里的犯罪嫌疑人，还是一个特别窝囊、杀了人就跑路的犯罪嫌疑人。

"她的照片为什么会在电视里？"老妇人不解。

她咬了一口鸡蛋饼，很小一口，就像是电视里常常出现的美食评论家："酱有点咸，但鸡蛋很香，是土鸡蛋。"

"因为他们怀疑她杀人了。"

"怎么可能？"老妇人夸张地提高了音量，像是和谁赌气似的停止了她的美食之旅，"她绝对不可能杀人，那些人乱讲！"

"为什么？"

祁又生有些好奇，他从来不知道原来宁莫寒和奶奶的关系这么好。不仅能让老年痴呆的奶奶一秒认出她的脸，并且还能得到奶奶如此笃定的维护——要知道，他和祁母每天都得做无数遍自我介绍。

"因为……因为她送过我好看的花衬衫。"老妇人有些不好意思，可一想到柜子里那件衣服又立马充满了底气，"反正我就是知道，她没有杀人。"

"您说得对。"祁又生点点头，眼尾扫过了角落里的落地摆钟，八点四十五分，差不多是时候了，"三天前那个女孩子也是这么跟我说的。她告诉我，不是宁莫寒杀的她。"

"你看，我说什么。这才对嘛！"

老妇人见找到了同盟，这才放心地笑了出来，丝毫没有察觉祁又生刚刚那番话里的不对劲。

接着，她又伸出两个手指，捻了捻祁又生的衬衫，是她喜欢的棉麻质地。

"你要出门呀？"

"是的，奶奶。我要去找一个人。"祁又生不可避免地又想起了昨晚，那只在便利店里遇到的小鸟和她掉落在地的单位饭卡。他真的没有想到，一个看起来那么瘦弱、背部的蝴蝶骨几乎要戳穿她那件灰色 T 恤的女孩子，居然是一名刑警。

"那你可要早点回来。"老妇人撇撇嘴，有些孩子气地舍不得，此刻，她已经认出——或者是已经再度相信眼前的人就是阿生，"你昨天也答应我的，陪我一起吃水捞豆腐。"

"我没忘。"祁又生只有跟家人说话时，声音才会放柔一些。

他站了起来，将覆盖在奶奶腿上那床本来就没什么褶皱的薄毯整理得更为平整。

"回来的时候，会给您带礼物的。"

市刑警大队。

祁又生其实对这个地方并不陌生，或者说，是五年前的祁又生对这个地方不陌生。

五年前的祁又生，就和奶奶印象中的一样，在上海一所名校念大学，专业是法医。

老人家小城市待惯了，总记不住外面那些繁华的地名，为了省事，奶奶便统称那些不相熟的城市为"很远的地方"，祁又生后来想了想，其实奶奶这么理解，是没有错的。

五年前，他念大三，和所有同学一样，交上去的职业规划中，法医是不二选择。所以哪怕他的爸爸、他的爷爷，甚至再往上走几个辈分的祁家人都是入殓师，他也没想过有朝一日要踏入这个行业——虽然都是和死人打交道，但到底是天差地别。他自小就是一个很有想法的孩子，他清楚他想要的东西。"子承父业"也好，"一脉相承"也罢，在他看来，不过是无关痛痒的词语。

但是从什么时候开始，这一切都变了？

大概也是和现在差不多热的天气，灼人的阳光和绿到不可思议的树叶。

是大三的暑假，祁又生和几个学生被留了下来，一边跟进导师的学术研究，一边被学校安排进公安局提前实习，一切都按部就班，没有任何差错和意外——直到那具女尸的出现。

他记得很清楚，那是个被人先奸后杀，再被抛进河里的未成年的女孩。尸体泡了整整一夜，或者更久，从水里捞出来的时候，全身都已经被泡得惨白而肿胀，连带着皮肤表面上那些创伤都像被揉开了的山水画一样微妙。就在祁又生预备戴上手套进行进一步的工作时，他突然感受到了一股前所未有的奇异且原始的力量。他愣在原地，被那名死者慌乱且尖锐的脑电波，一下又一下地冲击着。他不动声色，却异常艰难地和那股蛮横的力量僵持着。那名死者告诉祁又生，她好疼，水里特别凉，她想念爸爸妈妈，她好想回家。

也就是在同一天晚上，在祁又生正尝试着和不同的尸体进行脑电波沟通的时候，他在信号非常不好的停尸间，接到了妈妈的电话——爸爸死了。

祁又生请了假，风尘仆仆地回了家，虽然表面上没有什么过激的反应，但他心底一时间根本无法接受。上一次离开家的时候，爸爸还和他在家里那张老红木餐桌上一块吃饭，夹了很多菜给他。这次回来，左右不过隔了五个月，可那个总爱给自己夹菜的人，却已经躺进了那具透明的水晶棺中——再也吃不到从他筷子那儿过上一道的菜了。

哀乐将祁又生震得开始耳鸣，他踏着哭声、喊声和一些不具名的杂声，停在了水晶棺的斜上方。

妈妈说了，爸爸的遗愿之一，是由祁又生帮他入殓。

祁又生知道，他第一次的入殓做得很糟糕，步骤颠三倒四，手法也十分生疏，但在水晶棺彻底封起来被送去火化前，他还是听到了爸爸跟他说：孩子，做得好。这就是祁家人。

祁又生的眼泪，就这么落了下来。原来那些词语，并不是无关痛痒。

——傻孩子，终于轮到你明白了，迎生送死，是这个世界上，最令人感动的事情。

"江棉同志。"

以前在支队里和江棉关系最好的同事，不知什么时候出现在了江棉的新办公桌旁，她伸手敲了敲桌子："咳咳……江棉同志，别看啦，一楼大厅有人找。"

"找我吗？"骤然增加的工作量让江棉从一上班就忙活到现在，她揉了揉发酸的脖子，慢慢地从资料堆里抬起了头，"谁啊？"

"我怎么知道呀，找你的人我哪认识。"

同事看似苦恼地摇摇头，脸上藏不住的笑意却明显地出卖了她。她刚才是去一楼传达室拿最新到件的宣传资料的，却不想碰上了来找江棉的人。可尽管不认识，女人的天性也还是让她忍不住愉悦，愉悦的同时又带了点看好戏的兴奋——"长得可好看了。男朋友？"

"拜托，你动动脑子好不好，要真是我男朋友，还犯得着这样找我？"

江棉无奈地从椅子上站了起来，从桌子底下的大箱子里掏出两包零食递给同事。

这是一大早季野喊人送过来的，说是觉得她最近瘦了，不仅如此，他同时还给二队的人挨个送了份小的零食礼包，说是以后拜托大家伙照顾江棉。这不能再高调的作风，就是季大少爷。

为此，江棉又受了陶兮楚好几句奚落。但也不要紧，江棉在知道张队把她安排到二队之后，就已经做好了心理准备，几句话而已，伤不到筋骨的，用不着太过在意。

"也对。"同事嚼着蜜枣，后知后觉地点头，"我是说，你应该降不住那种男人。"

"什么降得住降不住的。"江棉有些哭笑不得，见同事吃得欢，又往她手里塞了两包巧克力，"我说你都是快当新娘子的人了，怎么还说一些小女孩子爱说的话，没个正经。"

"哪里是小女孩子说的，这可是我妈说的！要不是我能降得住我老公，我才不嫁……"

"到底是谁没个正经，江警官？"陶兮楚从外头走了进来，声音一如既往地清冽，"一大早就有季家公子给全队献殷勤，怎么，这才工作不到两小时，就又有人找上门了？这是办公的地方还是你谈情说爱的地方？"

陶兮楚将刚接满热水的茶杯往边上一放，端正地坐在了自己的位置上："该看的材料、该补的案情、该跟进的证据，都弄清楚了吗？下午我们要去现场进行第三次勘查，我不希望你给我们造成不必要的麻烦。还有，如果要见人就尽快，二十分钟后召开队内小会，请自觉一点，不要迟到。"

祁又生在一楼大厅里等了快十分钟，才看到从电梯里走出的江棉。

不太像，这是祁又生的第一反应。

穿着警服的江棉看起来比昨晚利落太多了，长发一丝不苟地绑在脑后，额头饱满，颈部修长，行走间皆是初显端倪的英气。

于是，他又下意识地看了一眼手中的饭卡，大拇指的指腹刚好蹭到了那张巴掌大的小脸。说实话，真人的确比这张寸照，更像一名"刑警"。

"你好，我是江棉，请问是你找我吗？"

江棉其实并没有什么把握，哪怕她刚才的步子迈得很坚定，可当她真的站在昨晚上遇见的那个男人面前时，她才后知后觉，原来自己并没有向同事问清楚来者的相貌。

光靠着"长得好看"和"男朋友"这两个要素，只能推断出是一个模样周正的男性，可这实在有些难以寻人——直到她一眼看到了眼前的男人。

但她还是没有把握，她想不到有什么理由，能促使他来找自己。

"是。"凑近了看，祁又生才发现她仍是昨晚那只小鸟，说话的时候眼睛还会无意识地眨上几下，这又让他想起了她背后那对过分凸出的蝴蝶骨。

接着，他将饭卡递了过去："你掉的东西。"

"这个是……我的饭卡？"江棉有些意外地看着那张方方正正的小卡。

昨晚回家倒头就睡，今天一大早又事情不断，她甚至都没来得及发现饭卡的遗失，它就已经被人安然无恙地送了回来。

这样的感觉——就像是无形之中，承蒙了一次老天爷的眷顾。

"这么热的天，麻烦你专门跑一趟了。"

江棉一边点头致谢，一边伸手去拿饭卡，可就在拿饭卡的途中，确切地说，是在江棉的指尖无意中蹭到对面男人的掌心时，她明显地感觉到了对方的抵触情绪和转瞬即逝的皱眉。

她一愣，瞬间联想到了昨晚在便利店里他的无动于衷——到底是这位先生讨厌碰到自己，还是说他只是单纯地抗拒肢体接触？

算了，江棉极快地打断了自己的思考，因为不管答案是前者还是后者，在此刻都不是那么重要。

"那不如先生你挑个你方便的时间，我请你吃顿饭，就算我的谢礼了。"

"不用。"祁又生扫了眼江棉背后的电子钟，那串鲜红的数字提醒他该去上班了。

"别呀。"江棉笑着对上了祁又生沉寂的黑眸，手中的饭卡也被她握得有些发热，"凡事都讲个两清。平白受人恩惠，说出去也不像个事儿。"

"我不习惯和陌生人吃饭。"

这是实话。因为工作的缘故，除了家人，祁又生已经很久没有和别人一块吃过饭了——哦，得排掉一个宁莫寒，不过也屈指可数。

"江棉姐，可算是找到你了。"

江棉应声回头，看到了正拿着一张 A4 纸在半空中挥舞的杨禾风。

杨禾风，就是二队那个年纪最小的男孩子，也就是因为他一句佩服犯罪嫌疑人的话，才引出了先前的例会风波——至少别的看客都是这么认为的。但江棉清楚，这其实和杨禾风没什么关系。他是个温和的男孩子，明明只比她小了不到两个月，也会很乖地喊她一声姐。

"你要喝什么吗？"

杨禾风笑得眉眼弯弯，像一只刚出生的小狗，湿漉漉的，十分无辜。

"等会儿就要开会了，楚楚姐要我下来给大家买点喝的，你呢？要喝什么？咖啡、果汁、奶茶？"

"不用了。"江棉摇摇头，"我喝白开水就行了，杯子里还有。"

"别啊。那家店的东西真的不错，我们总去那里买的，而且……"杨禾风犹豫了会儿，还是打算说出来，毕竟刚才在办公室里发生的一切，他在门外的拐角处听得一清二楚，"楚楚姐不是故意要那么说的，她是因为莫寒清吧的案子一直没进展才有些焦躁的。她性子急，我们二队都知道，所以你千万别放在心上。等会儿开会也是为了研究这个案子，等下午我们一块去了现场，你就知道我没有在骗你了。"

江棉笑了笑，正准备和杨禾风说些什么的时候，她却突然发现，身边那个男人已经开始往大厅外走了。

"那个先生？"江棉一瞬间有些反应不过来，可下意识地，她就朝着那个清瘦的背影追了一两步。也就是在这时候，她才发现原来自己还不知道他的名字……"再见。"

祁又生的步子顿了顿。

那句生疏的称呼和仓促的结束语，他都听得很清楚，只是他并没有打算就此作出回应。

第四章
－ 莫寒清吧 －

莫寒清吧位于城西淮安街 99 号。

听说前身是一个小有名气的西餐厅，生意不错，老板压根就没有转让门面的打算，但不知道宁莫寒最后用了什么办法，不仅让老板在一周之内就签下了合同，并且还优惠了她一大笔数目。

总而言之，这个宁莫寒，在这起命案发生之前，就已经算半个活在故事里的人了。

"哎，你们猜……"刑警二队里最胖的一个女孩子伸手打开了一罐冰可乐，在酸甜味儿的泡沫涌出来的那一瞬，她十分灵敏地用两瓣丰厚的嘴唇给及时拦截住了。接着，她心满意足地打了一个嗝，气泡冲到喉咙顶的时候，她头皮一阵发麻。

她知道，这种碳酸饮料很败她的减肥大计，但没有办法，她比别人多的是肉和脂肪，并不是精力。在忙昏头的时候，她必须靠着这个来打起精神——哦，还有八卦。

"当初宁莫寒到底给以前的老板灌了什么迷魂汤？多好的地段啊，就这么贱卖了？"

坐在副驾驶座位上的陶兮楚盯着挡风玻璃上的阳光，似笑非笑道："可乐，你都说了是迷魂汤了，还让我们猜什么？"

"啧，你这人真是！"被喊作可乐的胖女孩不满地调整了一下自己的坐姿——江棉就坐在她边上，她怕挤到江棉。

"我不是想开开玩笑来调解一下咱们车上这沉闷的气氛嘛。不过是去现场溜达一圈看看有没有遗漏的证据线索罢了，你们怎么个个都像是赴断头台一样？"她边嘟囔着，边又喝了口可乐，易拉罐里的气跑光了，只剩下涩舌头的糖精味，于是，她也变得沮丧起来，"也是，8 月 9 号发生的事，到现在都 16 号了，什么苗头也没有，该愁。"

8 月 9 号，天气晴朗，万里无云。

从仅有的影像资料来看，死者叶雯雯出现在莫寒清吧的时间是下午五点五十一分，因为容貌被毁的缘故，在接近 40℃ 的高温里，她仍旧全副武装地把自己裹进了一片黑色中，直到进了清吧的大厅，才把帽子取下。

当时还没有到清吧的营业时间，宁莫寒正坐在收银台后的高脚凳上玩手机，头微微低着，超短裙下的小腿在半空中晃来晃去，看起来愉悦且自在。

店里只有她们两个人。

本来这份影像资料该是最好的直接证据，但可惜的是，店子里的摄像头坏了——或者可以大胆地推测，是被有心人提前做了手脚。

影像里没有任何声音，只有肢体动作和无声扇动着的嘴唇。

江棉第一次看的时候，就感觉像是在看一部彩色默片，并且在宁莫寒伸手推倒叶雯雯之后，整部片子戛然而止。

她想，这要真是一部电影，说不定会因为这个留白式的结尾而获得满堂喝彩，但现实不比艺术，这种无限的遐想空间留给他们办案人员的，只有尴尬和为难。

起初，叶雯雯在大厅里兜兜转转，像是在找什么东西。宁莫寒也没有什么反应，偶尔抬头看一眼罢了，更多的注意力仍然在她的手机上。

直到叶雯雯开始往中心吧台后方的那条走廊走去时，宁莫寒才从高脚凳上跳下来去阻拦她。

那条走廊不长也不窄，墙上挂了一些不知名的油画和西欧风格的金属壁灯，穿过它，就是清吧的后厨房、洗手间和杂物间。看样子，叶雯雯是在大厅里搜索无果后，想去吧台后面继续，但作为老板的宁莫寒就不乐意了。

然后，两人就开始了你来我往的争执。其实，在这点上有没有声音都差不多，毕竟女人间再怎么吵，为的，无非也就是那几样东西。

不过，江棉却能从宁莫寒说话和翻白眼的神情上看出，宁莫寒与叶雯雯，应该是旧相识了。

"宁莫寒和叶雯雯，之前就认识吗？"江棉按了一下暂停键。

杨禾风点点头："不止，有人目睹过她们吵架——很早，在叶雯雯还没有被毁容的时候。"

"吵架？"江棉下意识地又看了一眼屏幕，正巧是叶雯雯的一个背影，黑色长袖 T 恤紧紧地裹住了她的腰肢，说实话，她的身段其实非常优雅。

"为什么？"江棉问。

"因为撞衫。"杨禾风无奈地耸耸肩，"你们女孩子真是奇怪，一件衣服罢了，也能吵起来？"

"当然能。不过，你以偏概全了。"江棉笑了笑，又重新点开了那段视频，"这种因为撞衫而吵起来的事情只会发生在'美女'身上，而不是'女孩子'。这两者是不同的。我记得叶雯雯被毁容的时候我还没有毕业，我们刑侦老师拿了她之前的照片来做伤害对比，说真的，我不是男孩子都觉得她太可惜了。"

"我也见过叶雯雯之前的照片。"杨禾风很认真，"我觉得她很像年轻时期的邱淑贞。"

再次进入播放状态的视频，还不到一分钟，就已经到了进度
条的最末尾。

"这就完了？"江棉指着电脑屏幕上"播放完毕"四个大字。

"对。从最后的两分钟开始，叶雯雯就没有露脸了……"杨
禾风顿了顿，毕竟叶雯雯一直戴着墨镜和口罩，算得上从头到尾
都没有露过脸，于是，他换了一种更为妥帖的说法，"叶雯雯到
了后面，一直用背面对着摄像头。你看这里，江棉姐，叶雯雯大
幅度地朝着宁莫寒倾去，手臂有较为明显的动作，像是在抢什么
东西，然后两个人僵持了一下，宁莫寒就把叶雯雯推到了地上，
且表情很生气，然后……"

"然后，摄像头就坏了。"江棉觉得这未免也有点太凑巧了。

"杨禾风。"

偌大的会议室里，只有杨禾风在散会之后牺牲了午休时间陪
着江棉重看这段视频。这不到三十分钟的视频，整个二队的人都
已经看了不下百遍，有时间在这儿重温帧数，大家伙还是宁愿回
办公室小憩一会儿，毕竟两个钟头之后，他们又得去一趟莫寒清
吧进行勘查。

工作就是这样的，再热爱，再具有使命感，也偶尔会有一颗"敬
而远之"的心，特别是在光明正大的休息时间里，能不碰，就绝

对不伸一个手指头。人之常情罢了，扯不上道义。

　　"怎么了，江棉姐？"杨禾风打了一个哈欠。黑暗中，他的眼睛因为这个哈欠变得有些晶亮。

　　"你们之前有没有怀疑过这是故意的陷害？"

　　"什么？"

　　"你看，虽然宁莫寒和叶雯雯之间有着撞衫的旧怨，但是在这个视频里，叶雯雯在非营业时间闯进清吧大厅逛了一大圈，宁莫寒也没有什么不友好的过激反应，她很自然，没有玩手机的那只手，甚至还在收银台的桌子上打着节拍。这就能说明，宁莫寒其实没有把叶雯雯当一个正儿八经的仇人在看，要真是仇人，难道不会在叶雯雯一踏足的时候就把她赶出去吗？"江棉把视频往回调了十来分钟，最终定格在叶雯雯在大厅四处找东西的时刻，"关于宁莫寒的资料上都显示说，她是一个脾气特别火暴，并且很自我的女人。"

　　"那后面她不还是从收银台后跳出来去阻挡叶雯雯了嘛。"杨禾风下意识地皱了眉头，"还有更后面，她也的确伸手推了叶雯雯，并且那一刻她的表情非常生气，如果不是后面摄像头坏了没有录到……"

　　"对。"江棉静静地打断了杨禾风，"至于她为什么要拦住叶雯雯、为什么要推倒叶雯雯，我没办法做出笃定的解释，说不定她作为老板就是不愿意外人去吧台后面，说不定叶雯雯当时说了什么很难听的话才让她推了她一把——当然，这只是我的猜测。但我们都知道，那个摄像头有问题，它坏得非常蹊跷，就像是专门等着那一刻，然后再坏掉一样。"

江棉也不知道为什么她的脑海里会有这种想法。

就算摄像头这点很蹊跷，但也不足以让她在第一时间认为宁莫寒可能是被陷害的。

难道是因为严之霖的缘故？因为这个宁大美人是自己朋友一枝爱而不得的红玫瑰？

要知道，严之霖浪迹情场多年，向来弹无虚发。他的攻势和他的人一样，成熟、细密、精准。能逃得过严之霖的，必定也是一个了不起的人精。

在江棉看来，人精是不会去杀人的。去杀人的亡命之徒，大多是过不了自己那坎。

她直觉，宁莫寒不是那种人。

"摄像头的话，我们之前也请了专门的师傅检查过。但那套摄像设备实在是太破了，所以师傅也没办法给我们一个精准的损毁时间轴，因为那个摄像头真的就是破到……"杨禾风的瞌睡在此时全都跑光了，他正纠结着要怎么和江棉去形容那个命运悲惨的摄像头。

　　"那套设备是六年前的款式，也就是说，宁莫寒自从开店以来，就再也没有更换过设备了。一般摄像头两三年就得一换，她居然撑了六年，所以红外线和配置的拾音器早就坏了，没有声音很正常。保险起见，我们也调了事发前的视频看，大概是从前年开始，摄像头就录不到声音了。但是为什么录像机会刚好卡在那个点上坏了——其实我觉得，不管是机器正常损坏，还是有人故意为之，都说得过去。"

　　长篇大论之后，杨禾风有些苦恼地叹了一口气："宁莫寒为什么就不能换一个好点的摄像头呢？她驻唱台上的那套音响设备，可是上个月才出的啊。"

　　"所以，宁莫寒是逃不开犯罪嫌疑人这个身份了？"江棉顿了顿，她想起上次吃饭的时候，严之霖好像问过她类似的问题。

　　"嗯，对。"杨禾风点了点头，"虽然现在没有什么直接证据——哎，不对，有了直接证据我们还在这瞎折腾什么嫌疑人啊。反正现在宁莫寒就是最大的嫌疑人。"

　　杨禾风说到这里停顿了一下，因为他忽然想起以前在警校上刑事诉讼法时，那个戴着金丝边眼镜的老师跟他们说过，办案子的时候，讲究什么都好，证据、实情、法律，什么都好，反正就是不能靠"反正"。他刑诉成绩一直是全班第一，可就在刚刚，他差点犯了这个错误。

"啪"的一声，会议室的灯被人按亮。

"不管怎么样，总得有人为一条命负责不是，哪怕只是暂时的。"

那只按灯的手很胖，肤色白皙的肉像是花骨朵一样包裹住了本该匀称纤细的指头。

来者拿了一罐正在冒凉气的可乐，对着里头的江棉和杨禾风扬了扬下巴，尾音还拖着一丝没睡够的困倦："走了，集合去。哦，江棉，你等会儿跟我坐行不？我喜欢你们这种不占地儿的瘦子。"

江棉从来没有来过莫寒清吧，这是第一次。

当她打开警车的大门，被地面上干燥的热气拥个正着的时候，她模模糊糊地想起来其实在念大学时，季野曾说过要带她来莫寒清吧玩玩的，他说这里除了老板长得好看之外，调制的招牌鸡尾酒也特别好喝，叫"修女"——名字娘了一点，不过不影响味道。这是季野的原话。

不过修女也好，传教士也罢，江棉还是觉得没有把"第一次"献给鸡尾酒这件事，她做得非常正确。

"你看，江棉姐。"

杨禾风将警戒线拉高，从布条的下方钻进了清吧大厅，边戴手套，边示意江棉看向不远处的地面。

"那里有一大摊子血你看见了吗？那里就是视频里叶雯雯被

推倒的地方，后来等我们赶到现场时，叶雯雯——或者说是左胸上插了一把刀的死者，就躺在那里。"

江棉点点头，认真地看着地面上那摊已经结成黑褐色的不规则血渍。

错觉就是在这时候找上了江棉。

恍惚间，她觉得这清吧好像变成了一张被放大了几十倍的书桌，而那摊血，不过是一瓶无意中被打翻了的墨水，它是无辜的，是无关紧要的，是用纸巾擦一擦就能翻篇再来的。

但这种错觉仅仅只维持了三秒——江棉的职业本能唤醒了她。

她知道，墨水也好，血迹也罢，她刚刚盯着看的那几眼并不是高高在上的打量，而是一种类似对峙的东西。然后她知道，她现在可以朝它走过去了。

味道有些难闻。这不意外。

血本来就腥，再加上事后为了保证案发现场不受到破坏，莫寒清吧已经被警方封锁了整整七天，连续的高温，再加上空气的不流通，味道自然不会好到哪里去。

身旁有几个同事都选择戴上了口罩，但江棉没有，她反而蹲下身子，凑得更近了。

此时此刻，她满脑子都是叶雯雯的背影。她有些难以想象，当那把冷冰冰的水果刀狠狠插进叶雯雯的左胸膛时，当那股新鲜的血液从叶雯雯身体里喷薄而出时——那样原始而激烈的力量，会不会折断叶雯雯过分纤细的腰？

清脆的拍手声打断了江棉的思绪，是陶兮楚。

"大家听我说一下，今天骆队和陈副队去看守所了，所以下午的勘查就暂时归我负责。大家还是按照上次骆队给大家划分的区域进行勘查，记住了，必须是地毯式搜索，必须做到每一个角落都不放过。有任何异常，及时向我报告。"

一番话说完后，陶兮楚的目光才不急不缓地落在江棉身上，江棉没有参加上次的现场勘查，自然这次也没有她可负责的区域。

"江棉就先跟着葛乐去收银台，学好经验之后再尝试动手。毕竟正式办案，和课堂上那些过家家的演习是不同的。"陶兮楚最后说道。

"可乐姐，原来你叫葛乐啊。"

江棉跟着那个胖女孩走进了收银台，因为这地方本来就设计得比较宽敞，所以哪怕一下子塞了两个人进去，江棉也不觉得拥挤。

"不然你还真以为我叫可乐啊。百家姓难道有'可'这个姓吗？你就跟着大家叫我可乐吧，我喜欢年轻一点。"胖女孩的声音愉悦地传进了江棉的耳朵，"陶兮楚这人什么都好，就是官腔太重，逮着个正经场合就喜欢瞎喊我葛乐，搞得我刚才压根就没反应过来。"

"好，可乐。"江棉郑重其事地点了点头。其实连她自己也不知道，每每这时候，她的眼睛里总会泛着一股懵懂却坚决的稚气，"收银台这里，之前有发现什么线索吗？"

"有啊。"可乐耸耸肩，不过这个随意的动作被她宽厚的上半身做得有些滑稽，"第一，莫寒清吧果然赚得很多；第二，宁莫寒算个只做表面功夫的人。"

"表面功夫？"江棉有些不解。

"喏，你看看外面大厅的吧台、沙发、藤椅，还有咱们这收银台台面上的东西，在这封锁的七天里，都只落了一点点灰，也就是说，在清吧正常营业的时候，只要是摆在客人眼前的，宁莫寒都会把它们弄得干干净净。"

接着，可乐话锋一转，示意江棉就地蹲下。

"但是呢，你再看看收银台底下这些整天靠着她腿的小柜子，每一个都积满了灰，尽是一些乱七八糟被她随手扔进去的东西，什么过期的酒水单、发票、指甲油、耳机、口红盒子……"

江棉顺从地蹲在了高脚凳的旁边。

明明和可乐的距离只有咫尺，她却已经听不清可乐此时絮絮叨叨的话语了。

她仰着头，下巴和脖颈连带着她单薄的上身一起，在空气中扭出了一道曼妙的弧度。她眨了眨眼睛，淡然地盯着空空如也的左上方。

那里，就是摄像头原本的安装位置。

很快，江棉又垂下了眼，她的白手套在半空中看起来有些轻微颤抖。

她没有伸向离她最近的高脚凳，也没有伸向那一列像是排排坐的小柜子，大概是因为可乐刚刚所说的"小柜子"，她的手，径直伸向了离她最远、规格最大，同时也位于摄像头正下方的一个柜子。

江棉开柜子的动作很小心，缓慢的速度拖出了一串悠长却低沉的吱呀声。

可乐站在江棉身后，差点以为自己正在目睹一朵绝世好花的盛开。

花开的时候，真的会有声音。她前两天看了一期《走进大自然》，那个专家就是这么说的。

柜子里的场景和刚刚谈话中提到的差不多。

扑面而来的灰尘、杂乱的鞋盒、零散的废纸，还有好多个不具名的小巧玻璃瓶，大概是宁莫寒从海外淘来的小众洋酒。

"可乐。"江棉喊了一声身后的人。

"嗯？"

"你觉得这个柜子，可以藏下一个人吗？"

"藏人？"可乐犹豫了会儿，"藏一个我肯定不行，但如果是你们这种瘦子，那说不定可以。"

第五章
- 祁又生和江棉 -

祁又生第一次见到宁莫寒的时候，就知道她会是个麻烦。

那个傍晚的黄昏非常美丽，就像书里所描写的那样，万物一片宁静安详，唯有夕阳不动声色地哀愁着。不过，宁莫寒向来对这种文绉绉的话嗤之以鼻，因为她既看不出这个闹哄哄的世界哪点安详了，也不能理解为什么马上就能下班休息的太阳竟然会有负面情绪。总而言之，万事万物在她眼中只有一个区别——适不适合谈恋爱。

显然，那天的黄昏，非常适合谈恋爱。

"嗨，同学。"

宁莫寒从小树林的一角走了出来，头发和衣领都有些乱，但这不影响她的漂亮，在逆光的衬托下，她看起来端庄又美好，特别是脸颊上的那抹红晕，让人有点难以忽视。

"我猜你是要穿过这条小路，然后再去车棚取自行车回家，对不对？"

说完这句话，她又笑了。因为刚刚才接过吻的缘故，她的眼神和语调都柔软到了一个不可思议的地步，轻而易举地，就让人联想到"沉醉"这个词语。

祁又生站在被宁莫寒拦下来的地方，还没张口说话，就看见男主角也从那个杂乱而幽静的角落里走了出来，脸色又红又狼狈，第二粒衬衫解开的地方有一个很明显的牙印。

那一刻，祁又生有点后悔为了绕开正在举行比赛的篮球场而选了这条小路，因为他认识男主角，去年教过他们班的物理，上周已婚。

已婚男老师和高中女学生，这无论怎么排列都显得有些荒唐的搭配，就在这片如诗歌一般的夕阳中，被他面对面地碰上了。

这让人尴尬，还有点麻烦。

"你瞧那个孬种。刚刚还信誓旦旦地说为了我，连老婆都可以不要，现在居然就这么跑了。有没有搞错？和我宁莫寒接吻，需要这么畏畏缩缩吗？"

宁莫寒朝着男老师落荒而逃的背影努了努嘴，话虽然说得很不屑，但语气却像极了一个纵容孩子顽皮捣蛋的家长。

末了，她又啐了一口，听着远处篮球场上激动人心的呐喊声，她眼里的笑意变得更加晶亮。

"孬种！"

祁又生一直沉默着，他想他大概知道她是谁了，能把一句脏话都讲得如此缠绵，仿佛在呢喃情人间爱称的女孩子，一定是传闻中的宁莫寒，比自己高一届。

"其实我认识你。"宁莫寒慢悠悠地收回目光，那个孬种早就跑得没影了，不过不要紧，她现在找到了更好玩的事情。

"你就是高二那个冷面阎王，姓祁，对不对？"

冷面阎王。很客气的一个称呼了。

在祁又生还在家乡念书的那些年，是没有几个人把入殓师当作一份正儿八经的职业来看待的——不，好像那时候，在他们那个较为封建闭塞的小城里，压根就没有"入殓师"这一说。大家通常谈到祁家的时候，神色都会有点不自然，然后说，哦，那个干死人活的。

没错，就是干死人活的，形容得很到位。

所以，祁又生从小就活在一个非常安静的环境里，他的印象中，没有烦琐的人情世故，没有热闹的节日，也没有一起结伴回家的同学。但他一点也不介意，撇开他本身就喜欢安静这一点不说，他也能够理解他们。这个"他们"，包括他的父亲，和周遭那些人。

"所以，你必须替我保守这个秘密。"

祁又生本来就没有打算将这件事情说出去，但他还是有点不能理解宁莫寒这两句话，好像先得出了"她认识他"这个前提，所以就必须要推导出"为她保密"这个结论一样。

"你一向都是这么命令别人的？"他看着她，眼里没有一丝所谓惊艳的波澜。

"我哪有这么恶劣呀，我只是……"宁莫寒像个小女孩一样无辜地将嘴嘟了起来，粉红色的帆布鞋朝着祁又生的方向又迈近了一两步。

她抬起弯弯的眼睛，笑得无比风情："不能浪费我这张脸呀，不是每一个人都能生得像我这么漂亮的。"

她顿了顿，依旧骄矜："所以你必须给我保密，说出去的话，你麻烦就大了。"

但事实证明，就算祁又生半个字都没有向外界透露过，宁莫寒在接下来的日子里也没少给他带来麻烦。眼下这个杀人案，大概就是最大，也是最棘手的一个麻烦了。

可不管是为了宁莫寒的清白，还是为了叶雯雯被推去火化前最后的秘密，他都得接下这个麻烦，然后再去找那只小鸟——也就是江棉。他经过大概的了解，证实了江棉所在的刑警二队正在负责莫寒清吧杀人案的侦查，所以，他必须再去找她一趟。

祁又生打着转向灯，不紧不慢地跟着江棉所坐的公交车转了一个弯。

在转弯的时候，他下意识地比平时更用力地握了一下方向盘。

他本来以为还完了饭卡之后，他跟眼前的江棉不会再有什么交集的——虽然是两辆车，但的确是眼前，江棉坐在公交车的最后一排，晃悠着的马尾和头绳的颜色，在还不算太暗沉的天色里，被祁又生看得很清楚。

江棉一下车就觉得有些不对劲，或者说，在上车之前她就已经感受到了那股莫名的尾随。

上车的公交站在靠近市中心和步行街的地方，人多车也多，再加上感觉这东西说到底也还是太玄乎，江棉当时也只是安慰自己这几天因为案子太累了而已。可到了现在这个早就远离了繁华区域的地段，那种被尾随的感觉却仍旧未散。

江棉在街道边慢慢走着，不动声色地攥紧了自己的皮包带子。

她现在已经确定了身后的某辆车或是某个人，就是冲自己而来。

果然，在她预备拐进一个小胡同时，身后响起了汽车的喇叭声。

响了三下，每个间隔时间为一点五秒。

"怎么是你？"

江棉小小的抽气声被埋在了车窗渐渐降下的机械声底下，她盯着那张说不上该是熟悉还是陌生的侧脸，迟疑了一下："难道是我——又掉了什么东西？"

"我没有东西要还你。"祁又生看着明显松了一口气的江棉，觉得穿便服的她看起来年纪有些小，试探着问话的样子就像是一个还没有毕业的大学生。他将车门解锁，那一声"咔哒"声非常干脆，这让他联想起手起刀落之类的成语，"上车，请你吃饭。"

"什么？"江棉有些意外，"明明你上次还说你不习惯和陌生人吃……"

"我的意思是，我请你吃饭。"祁又生顿了顿，他也知道他这样的"请"法异于常人，但要是让对面的人知道自己职业的话，她估计也食之无味了，"并不是我和你吃饭。"

虽然没有搞懂其中的差别，但江棉还是上了车。

车内很干净，在橘黄色灯光暗下去的那瞬间，江棉清晰地闻到了一股很淡的柠檬香。

车子稳稳地掉了个头，开始往市中心前进。

她大概算了一下，从这到市中心，最少也要三十分钟的车程。三十分钟，说长不长，说短不短，但如果两个人就这么一直沉默着，那肯定很奇怪，说不定还会连累到那股无辜的柠檬香。

"我好像还不知道你的名字？"江棉也知道这个开场白有些生硬，但没有办法，毕竟他们两个不熟，好像除了名字之外，聊什么都有些冒犯。

"上次你走的时候，我没头没脑地喊了句'先生'。"

"祁又生。"

"祁又生？"江棉低声地重复了一遍。

这个姓氏和姓氏后面的名都不怎么常见，所以她拿不太准具体的字。

"祁寒的祁，又是再次的意思，生，就是生活的生。"

"这样。"江棉点点头，在心里默默地将这三个字过了一遍。

也就是在这时候，她才在这个狭小的封闭空间内发现，原来祁又生的声音很好听，低沉又温柔，就像是深夜电台里总是陪着失眠的人等天亮的那种嗓子，适合讲故事。

"好名字。像是老一辈才取得出来的名字。"

"我爷爷取的。"祁又生打了一个转向灯，上了中信大桥。

天色和路灯夹杂出来的明暗像水一样在他脸上肆意流动着，然而江棉后知后觉，他刚刚在提到家人的时候，很浅地笑了一下——她之前以为他是做不来这种表情的。

"那一定是你爷爷希望你拥有无数次的好生活吧。"

"不是。是循环的意思。"

　　江棉一愣，转了大半的脸去看祁又生。

　　而祁又生正目不斜视地看着前方，开车的样子专注且清冷——是的，江棉想不出别的形容词了，或者说她想不出比清冷更适合祁又生的词了。

　　明明窗外就是灯红酒绿、灯火辉煌的世界，他却像一把躺在手术托盘里的器具，清冷地、寂静地、与世无争地散发着它银色的光芒。

　　然后她将眼神收回，对上了正前方那两排路灯。

　　是橙色的，盈盈地向着前方蔓延，就像是被夜色揉散在人间没有尽头的一大片烟火。

　　"循环？"

　　"没什么。江……"

　　祁又生顿了顿，他一时间不知道该怎么称呼身边的人，是江棉、江小姐，还是江警官？

　　算了。车子还有半分钟不到就要下桥了，左边是步行街，右边是商业街，餐厅大不相同，已经没时间让他继续耗在这些其实没什么意义的称呼上了。于是，他看了一眼江棉，干脆地忽略了先前的选择题："你想吃什么？"

　　都无所谓的。

　　江棉笑着向替她拉开椅子的服务员说了声谢谢。在悠扬的萨克斯声中，她撑在西餐桌上的手肘，感受到了一种类似绸缎质地的冰凉。于是，她抬头打量了一下周围，发现这张桌子正对着三个送风口，那么等会儿送上来的例汤应该很快就会被吹凉，或者结上一层油膜——但是无所谓的。

江棉收回了眼神，落在了祁又生的脸上。她知道他来找她，并不是为了吃饭。

"说吧。"江棉开门见山，"有什么需要我帮忙的地方，我一定尽力而为。"

"吃完饭再说也不急。"祁又生没想到江棉这么直接，他以为，至少是他先开这个口。

江棉摇了摇头，笑着将透明蓝的玻璃杯放回了原处。

苏打和柠檬残存的味道仍旧撞击着她的味蕾，大厅里的萨克斯演奏者突然换了一首曲子，她想，如果再加点薄荷叶，那么刚才那杯水的味道会更好。

"没关系的，反正我也不饿。最近工作有些忙，天天都是过了点才想起来要去食堂吃饭，今天难得不加班，这会儿又正好是饭点，所以反而……"

"宁莫寒没有杀人。"

"什么？"江棉一愣，不知道是头顶上的水晶吊灯突然被加大了瓦数，还是祁又生手腕上的那只表看起来太过冰凉，总之，她有一瞬间的耳鸣，"你说什么？"

　　"我说……"

　　这时候，服务员将冷头盘放在了餐桌的正中间，餐车碾在地毯上，发不出任何声音。

　　祁又生扫了一眼被芝士淋了一身的小番茄，静静地说："宁莫寒，没有杀人。"

　　"为什么？"

　　听到这个名字，江棉无声地，但是下意识地将脊背挺得更直了。

　　为什么祁又生会这么精准地找到负责这起案子的自己？又为什么会以如此笃定的口气说出一个暂时无法被众人所接受的结论？

　　难道是因为他知道一些关于案子的隐情，还是因为他手里头有什么重要的证据？

　　江棉认真地盯着祁又生沉寂的黑眸，其实她也不确定，他是否能读懂她所有的疑问。

　　"上次还你饭卡的时候，无意间听到了你和你同事的对话。"

　　祁又生自然而然地想起了叶雯雯，她的脸被毁得太厉害了，哪怕他破例给她擦了一层很厚的粉底，也还是无法掩盖住那些粗砺的沟壑，还有她最后告诉他的那些想法。她说这辈子她做了太多不好的事情，不想死了还给别人带去麻烦，尽管她真的很讨厌宁莫寒——但这些话，祁又生没有办法告诉对面的江棉。或者说，他没有办法告诉任何人。

"至于宁莫寒……"

祁又生顿了顿，其实江棉一脸全盘信任的样子，很容易引导别人对她说实话，但他还是没有这么做，因为这个实话说出来，实在太像一个不高明的谎话了。

"我不方便解释原因。"

"如果只是朋友间的谈话，那么我会和你一起相信宁莫寒没有杀人。"

江棉笑了一下，这个笑容看在祁又生眼里，生出了一种宽容的味道。但按照常理来说，这种味道，不该出现在一个年轻小姑娘身上。

"但我是正在负责这起命案的警察，所以我不会相信这种没有原因的结论……"

服务员手中的奶油蘑菇汤打断了江棉正在说的话，她嗅了嗅，很甜，底下的洋葱末和黑胡椒粉本该有点冲鼻的，但此时也被这种甜味给同化了。

"或者说，是我根本不能相信。我们办案，哪怕只是一个极小的推测，都需要事实、法律、证据来站稳脚跟，所以你刚刚说的，我只能听听就算了。"

哪怕其实我和你一样，也觉得宁莫寒没有杀人——但这句话，江棉只能压在心底。

她刚刚说了，她是一个警察。有些话，既不能信，也不能说。

"我知道。"

一股非常细小的疲倦，就是在这时候，从祁又生的身体深处涌上了他的喉头。

不是因为今天下午连着替三位往生者做了入殓，也不是因为这么多天里联系宁莫寒无果，具体是因为什么，祁又生自己也不得而知。

就算是他用于支配的身体，就算是他滋生出的情绪，但又能说明什么？

早在五年前，他就开始怀疑这种从属关系了——如果非要形容，那可能并不是疲倦，而是无力。一种就算已经习以为常，也无法彻底吞咽下去的无力。

"汤要凉了。"

"不过，你为什么会觉得宁莫寒没有杀人？"

江棉应声舀了一勺汤，但没有往嘴里送，她只是把那个盛满汤汁的瓷勺非常轻地磕在了汤碗的边沿处。

"不过，你别误会，我现在不是拿着警察的身份逼迫你配合我回答问题，我只是有点好奇。虽然你刚刚说了你不方便解释原因，但那些原因里，总有一些你方便解释的吧？你——"江棉有点不好意思地微微拖长了声音，"懂我的意思吗？"

　　既像护士劝着不肯吃药的患者配合治疗，又像是幼师哄着不听话的小朋友来乖乖睡午觉，总之，江棉这个类似循循善诱的口气，让祁又生不得不对上她的眼睛。

　　"宁莫寒是我的朋友。"

　　"原来她是你的朋友。"

　　江棉的眼神在同时呈上桌的淡水鱼和西冷牛排之间闪烁了一下，尽管非常微弱，但祁又生也还是捕捉到了。接着，他就听见江棉继续开口了："那你是因为你自己是个好人，所以你觉得你朋友也会是个好人——所以你才这么笃定她没有杀人。这是主要原因，对吗？"

　　"不对。"

　　祁又生深深地看着江棉，他已经很久没有这么深入地去看过一个活人了——对，说出来有点奇怪，但这却是事实。然后他发现，江棉的眼睛非常清亮，像是个十来岁的孩子。

　　"这跟我是不是好人，或者她是不是我朋友都没有关系。这也不是支撑她没有杀人的最主要的理由，这只是我唯一能说的、最方便的一个理由。就算我不认识她，我也依旧会来告诉你她没有杀人这件事。当然，我也知道你并不会因为她是我朋友，就相信我说的话。"

　　"为什么？"江棉疑惑地看着祁又生，"这——不是徒劳吗？"

"是。"祁又生没有目的性地重复了一遍，"很明显，是。"

"那既然你也这么觉得，为什么还要大费周章地去做一件徒劳无果的事情呢？"

江棉更疑惑了，至少在她看来，去做一件明知没有结果的事情，是非常不值得的。

"这难道不是所谓的无用功吗？不仅浪费时间精力，还耗损各种资源……"

"不是这样的。"

祁又生不动声色地收回了眼光，将服务员放在他手边的水果沙拉朝着江棉轻轻地推了过去。

"我们这一生，会遇到很多发生时不问缘由，努力了也注定没有结果的事情。徒劳、无用功、浪费、耗损，你说得都对，可就算如此，这些事情也还是得去做。因为这是生活直接塞过来的，所以，没有人可以跟它计较功利性，可以跟它讨论要不要、该不该，或者值不值。我们能做的，不过是调整好心态站起来，然后亲自去感受一下那种糟糕又失控的状态……"接着，他眸子一暗，"抱歉，说远了，还是继续回到宁莫寒这个问题上来。"

"我知道，在很多人眼里，或者在你们收集到的资料里，宁莫寒不算个好人。但其实，这个世界并不存在绝对的非黑即白——好人就永远拿不起砍刀，而坏人就一定时刻满身鲜血——不是这样的。江棉，没有这么简单的。"

祁又生最终还是选择了"江棉"这两个字，他静静地，再次看向了她："你明白吗？"

江棉有些愣，连小拇指被蹭上了一点牛排的酱汁也无暇顾及。

祁又生刚刚说的话，是在警校老师的备课本中和现在所能接触到的案子里没有提到过的。

她不得不承认，她骨子里正簌簌地冒着一种像是植物拔节生长的声音，她分不清这是所谓的惊艳还是共鸣，也分不清在这种意味不明的前兆后会发生好事还是坏事，甚至她都分不清这番话究竟是对还是错。总之，她觉得自己变成了一根潮湿的火柴，或者是一个短路的电灯泡——什么都好，总之，这一刻的她，还是亮了起来。

"所以说，不管什么事情，说到底，都比我们想的要纯粹一点，又要复杂一点，是吗？"

江棉很好奇，但她不仅仅只是好奇她刚刚提出的问题。

她还好奇对面这个人——哦，她现在知道了，他叫祁又生，名字的意思是循环。

她好奇他，究竟是一个什么样的人，又过着什么样的生活，才能够说出刚刚那番话？

但祁又生却没有打算继续进行这个话题，讨论这种晦涩的观念，不是他今天来找江棉的理由，所以他只是将一整盒未开封的纸巾递了过去："擦一擦，吃饭了。现在已经过了饭点。"

说不上扫兴或者泄气，江棉也的确有些饿了。

于是她埋着头，开始专心地与牛排作斗争。有些冷了，但还好肉质鲜嫩，不至于切不动。

但一看就是用不惯刀叉的人。

祁又生淡淡地将眼神别开，准备叫服务员过来替她切好，他知道，江棉选在这个餐厅，只是因为当时一整条街看过来，只有这个餐厅还有停车位，并且免费。

"服务员……"

"祁又生。"

祁又生一愣，这是他第一次听见江棉叫他的名字。

他回过头，发现不知道什么时候她已经将刀叉放下了，那只本该拿着叉子的手，此时正紧紧攥着一部屏幕还没有彻底黑下去的手机。

然后，他听见江棉轻轻地说："我们在汽车北站，抓到宁莫寒了。"

第六章
- 宁莫寒 -

为了避免深夜疲劳审讯，二队将宁莫寒的第一次讯问推迟到了第二天早上八点。

宁莫寒很满意这种做法。

虽然她知道那些在车站大坪里一拥而上的警察是来将她绳之以法的——至少是他们眼中的绳之以法。但是管他呢，坐长途汽车实在是太折磨人了，空气又闷又臭，还有几个怎么哄也哄不好一直哭哭啼啼的小孩子，最令人崩溃的是，坐在她前座的一个妇女，竟然还带了两只母鸡来坐车。所以，拜托赶紧来抓走我吧，你们政府单位里一定比汽车上要舒服。

然后，她就得到了推迟讯问的消息，这也就意味着她可以好好地洗个热水澡，好好地卸个妆，再好好地睡上一觉——躺在床上的宁莫寒满意地想，看来这么多年的税，没有白交。

"早上好，小帅哥。"宁莫寒拉开门，对着守了她一晚上的杨禾风笑了一下。

"你……你好。"突如其来的开门声让杨禾风下意识地站直了身子，他看着眼前光彩照人的宁莫寒，有些不好意思，"你还抽空化了一个妆啊？"

"怎么，我国有法律规定犯罪嫌疑人必须素颜进局子吗？"

"那倒不是。"杨禾风挠挠头，"我只是没见过哪个人的心态有你这么……"

"你现在见到了。"宁莫寒懒洋洋地靠着墙，朝杨禾风伸出了手，后者很配合地给她递上一支烟，这是昨晚培养出来的默契，"而且你们干警察的是不是都没有审美观？我在电视里看到我那张照片了，丑到我恨不得立马打电话投诉你们。"

"不会啊。"杨禾风很诚实地摇了摇头，"我觉得你那张照片很好看。"

"天，你还真是没救了。"

宁莫寒忍无可忍地白了杨禾风一眼，完全忘记了昨晚找他要第一支烟时自己的好态度。

"我听说你们问话的时候，边上都会有个摄像头的，所以我宁莫寒绝对……"

"哦，原来你是因为这个啊。"杨禾风莫名地觉得有点兴奋，大概可以类比于竞猜到正确答案时的心情，"你放心，我们那个摄像是内部资料，不到必要的时候是不会放出来的。"

"那什么是必要的时候？"

"就是——"杨禾风顿了顿，他不确定宁莫寒能不能听懂什么叫作刑讯逼供，毕竟昨晚给她解释为什么推迟讯问时，她脸上的懵然非常诚恳，"如果你跟法官说我们在问话的时候打了你，那么这段摄像资料就会被放出来，来证明我们没有打你。"

"没意思。"宁莫寒把抽了一半的烟丢到地上，接着，非常用力地踩瘪了它。

"名字。"

"宁莫寒。"

"宁愿的宁，莫非的莫，寒冷的寒。是吗？"

"错是没错。"宁莫寒坐在椅子上，扫了一眼对面问话的警察，是个男的，四十来岁，有点发福，抬头纹很重，但目光清明，一看就知道不是个普通干警。他身旁有一个空位置，像是还有一个人没来，"但我一般都说宁死不屈的宁。"

"有点意思。"

"谢谢，但我更喜欢别人夸我漂——"

"不好意思，陈副队，我迟到了。"江棉有些急切地推开了问话室的门，将两个小袋子放在了宁莫寒的手边，"杨禾风说宁莫寒从昨晚开始就没有进过食，所以……"

"我知道。还没有正式开始，我只问到名字而已。"陈副队笑了笑，将敞开的笔录本递给江棉，接着，他看向一脸疑问的宁莫寒，"没关系，你可以边吃边回答。"

宁莫寒看了一眼手里的包子和豆浆："没想到你们人这么好。"

"也不尽然。"陈副队耸了耸肩，"你可以当作这是美女才能有的优待。"

"性别。"

江棉旋开了钢笔笔盖，这种基本流程类的问题她可以在陈副队的默许下问上几个。

"这种明摆着的东西你们也要问？"

宁莫寒有点泄气，因为她刚刚咬了一口包子，发现居然是香菇肉馅的，香菇可是她最讨厌的食材之一。她在尽力吞咽香菇的过程中，抽空看了眼正在等待她回答的女警察，很瘦，很白，下巴和鼻头都有些尖，有几撮碎头发从耳朵后跑到了她脸颊边，大概刚刚是跑着来的，尽管这样，还是在领导面前迟到了——算个好人吧，尽管在吃这点上，和自己没有什么默契。

"女。"宁莫寒盯着江棉手中那支颤动着的笔，重复道，"我是女的。"

"年龄。"

"二十六岁。今年冬天就二十七了。星座需要吗？摩羯座。

不过我不怎么喜欢我的星座，一年到头都在水逆——这种星座要了有什么用？"

"文化程度。"

"这就不知道了。"宁莫寒皱着眉，有点为难的样子，"我高考前被学校开除了，没有念大学，也没有拿到高中毕业证，那我算什么？初中生吗？不是吧——这听起来也太没水准了。"

"为什么会被开除？"

"这个跟你们为什么找我来没有关系吧。"宁莫寒看着突然发问的陈副队，漫不经心地将吸管插进了豆浆杯中，"还是说，你们问什么我就得答什么？"

陈副队坐着伸了一个懒腰："也不尽然，但你可以这么理解。"

"行吧，我就知道你们这种穿制服的没有那么好说话。"宁莫寒咂咂嘴，其实这件事情她已经很久没有想起过了，"因为我和我们学校一个老师谈恋爱。不对，严格意义上来说是偷情，他结婚了。比较倒霉的是，他老婆是校长的亲侄女，所以……"宁莫寒顿了顿，直直地对上了江棉的眼神，"你看，其实是可以找有夫之妇的，只是别惹那种有权有势的'妇'。"

江棉被宁莫寒盯得一愣，她不知道这番话应不应该写进笔录中，按道理，讯问中嫌疑人说的任何一个字都该记录在案的——但宁莫寒刚刚所得出的结论，总让她觉得不太像回事。

还好，陈副队在笑完之后又继续开了口："宁莫寒，你自己叙述一下 8 月 9 号下午发生的事情。想到什么说什么，任何细节我们都愿意听。但是记住一点，不要撒谎。"

"8 月 9 号。"宁莫寒的眼神一下子就变得寂静起来，"就是叶雯雯死的那天，是吗？"

"是。"

"你突然要我自己来说的话，我反而不知道说什么了。"宁莫寒笑了笑，空了的豆浆杯被她紧紧攥在手心里，塑料窸窣的声音，让她突然就有点不知所措，"你知道吧，我就是老师最讨厌教的那种学生，一定要推一步才走一步——天哪，我都在说些什么。"

"不用怕，宁莫寒。"陈副队用一种非常温暖且慈爱的眼神看着宁莫寒，但江棉知道，这种眼神向来是他用来看犯人的，"你是个很有意思又很有脾气的姑娘，慢慢来，没关系。"

"靠。"宁莫寒不悦地皱了下眉头，心思被看透的窘迫感让她恨不得再捏几个塑料杯来发泄，"谁怕了，人又不是我杀的。"

"那天天气还算不错。我大概是下午四点多到的清吧，对了，说到清吧，你们把它怎么样了？一直封着吗？那我得少赚多少钱啊！喂，你们俩别这么看我，你们都是被国家养着的人，哪知道民间疾苦啊，好了好了，我知道，我接着说就是了。"

宁莫寒自知无趣，摆了摆手又继续开口："清吧都是晚上七点钟之后开始营业，但我一般会提前两三个钟头到店里，因为我没有请服务员，所有的酒都是我自己调的，所以我得提前过去做很多准备工作，还得搞卫生，当然了，搞卫生不是我自己动手，我只是坐在收银台那里看着，就像古时候的监工，你们知道吧？但那天我请的钟点工跟我讲她堵在路上了，所以要我等等。然后，我就等啊等，等了很久才进来了一个人，不过不是钟点工大妈，是叶雯雯。"

"本来钟点工应该几点到？"

"我定的时间是五点到六点半，按道理她五点就该到，或者更早。"

"从摄像头保存下来的录像中，我们可以看到，你四点四十七分将店门打开，一直到最后你推倒叶雯雯，也就是六点二十分左右的样子。莫寒清吧里，除了你和叶雯雯，根本就没有第三个人的出现。"陈副队静静地看着宁莫寒，"我们是六点五十分到的莫寒清吧，叶雯雯已经没有呼吸了，她躺在地上，左胸膛处插了一把水果刀。我们知道你有喊钟点工的习惯，所以我们去了那家你常去的家政公司，但是宁莫寒，第一，8月9号那天的路面状况并不拥堵；第二，领班告诉我们，那天，你取消了家政服务。"

"有没有搞错，我怎么可能取消家政服务？"宁莫寒夸张地大叫，"我店里向来醉鬼多，一天不打扫那味道简直会要了我的命好不好！而且我是先付了款的，现在那笔钱还没退给我呢，哪有付了钱不享受服务的道理，我好歹也是个生意人——等等，你们是在怀疑我故意不要钟点工大妈来打扫，就为了杀掉叶雯雯？"

江棉点点头，她知道宁莫寒的脾气上来了。

"你别太激动，我们也只是推测。"

"推测？给你莫名其妙推测个罪名安头上我看你激不激动，别站着说话不腰疼。"宁莫寒不满地啐了一口，"我从小到大连只鸡都没杀过，怎么可能一下子能把一个大活人杀掉？就因为那把刀跟我店里的差不多？拜托，批发市场里全都是那种刀好吗，两百块一箱，老板如果心情好还会附送一个砧板，再说了……"宁莫寒像是想起了什么，整个人突然平静了许多，"我为什么要杀叶雯雯，她虽然挺讨厌，但已经够可怜的了。"

"这些都是后话，我们现在只想听一个最基本的案情和事实。不过，你可以先说说你和叶雯雯的故事，再接着说那天下午发生的事情。"陈副队站起身，用一次性的纸杯子给宁莫寒接了一杯冷热参半的水，然后轻轻地放在了她的手边，"你们似乎相处得并不愉快。"

"我跟叶雯雯哪有什么故事？我说她可怜，那就意味着我跟她压根就不是一路人。"宁莫寒笑了笑，没有去碰那杯水，"不过，你们别以为我说她可怜，是指她被硫酸毁容那件事，那是她倒霉，充其量叫作不幸。她可怜，是因为她完全被男人牵着鼻子走，我最瞧不起的，就是这种女人。"

"被男人牵着鼻子走？"江棉下意识地握紧了笔杆子。

他们之前对叶雯雯的家境和她现在的消费水平做过分析，这两者非常极端，也就是说，叶雯雯用的钱，很大可能不是来源于她自己或者她家里，但因为她性格太过孤僻，没有什么朋友，甚至在被硫酸灼伤住院的那段期间里，除了医护人员，她的病房都没有出现过别人。

再加上她平常开的车、住的小公寓，连同她钱包里的银行卡，户主通通都是她独立的个人名义，不存在任何附属或者赠送的关系，所以这条线索，差不多一直都没有实质性的进展。

陈副队的眉头皱了起来，他盯着现在已经完全放松下来的宁莫寒，问道："你知道包养叶雯雯的男人是谁？"

"不知道。"

宁莫寒优雅地笑了笑，有一种很微妙的柔软在她眼里缓慢地散开。

"不过，包养女人的男人——不就是那样嘛。又老又丑又油腻，指不定还有地中海、啤酒肚、酒糟鼻之类的，有了几个钱就还真以为全天下的女人都等着他去挑了？反正我是没办法这么糟蹋我自己的，在我这里，美女就只有帅哥能配得上。所以，在这点上，我还是挺佩服叶雯雯的。"

宁莫寒耸耸肩："她就很喜欢包养她的那个人。她9号那天来清吧找我，也是因为这个。"

没有任何人或事打断宁莫寒，陈副队和江棉甚至连动都没有动一下。

他们的眼神正牢牢地盯着宁莫寒和她那张被描绘得无比精致的嘴唇。

于是乎，这个除了桌椅和摄像头之外什么都没有的问话室，就在这种凝滞中，变成了一望无际的荒原。而宁莫寒和她的声音，就变成了这片荒原上，唯一肆意而行的风。

"你们连她被包养的事情都知道，那么肯定也知道我跟她吵过架了——哦，瞧我这脑子，你们刚说了的，我和她处得不愉快。不过，你们还是挺厉害的，在她没有毁容之前，好多男孩子都找我问过她，还以为她是什么冰清玉洁不食人间烟火的大小姐——算了，扯远了。反正我就是想说，其实很多人不知道她被包养了。一开始我也不知道的，毕竟我觉得穷苦人家的孩子不会长得太漂亮，别误会啊，我没有歧视别人的意思，我就只是真的这么认为而已——算了，我不发表感慨了，太乱了，我直接说事儿吧。"

宁莫寒这会才觉得口有些渴，她端起了水杯，却不急着喝下去。

"她和我第一次吵架，看似是为了一条裙子，其实是为了送她那条裙子的男人。她很生气，一上来就质问我为什么勾引她的男人，拜托——每天在我身边打转的男人跟垃圾场的苍蝇那么多，谁知道哪个是她的男人——等等，我这个比喻是不是有点损自己？不管了，意思到了就行。我也是个暴脾气，不清不楚地被她在店里指着鼻子骂，这哪能忍？更何况那裙子分明就是我自己买的，所以当场就跟她吵了起来。不过，她到底年纪小、道行低，没两句就被我讲得眼泪汪汪，边抹着眼泪，边打电话撒娇，什么你答应了我只给我一个人买衣服的，什么那裙子那么贵，你不可以给别的女人买。"

"拜托——"她摇着头，非常短促地笑了一下，"一条七百多的连衣裙，'那么贵？'贵哪儿了？这么小家子气，一看就知道是熬了十二年终于念上大学，却半路被人包养了的乡镇姑娘。"

"所以9号那天叶雯雯在你的大厅里走过来走过去，像是在找什么东西的样子，其实她是在找她喜欢的那个男人？"江棉又想起了那个纤细的黑色背影，或者说，她根本就没忘过。

江棉话音刚落，宁莫寒就眉眼弯弯地打了一个响指："没错，看来女人之间，就是比较好沟通——"

但是这种志同道合的欣喜很快就从宁莫寒的脸上消失了，接着，她像个少女般撇撇嘴，话语里全都是嫌弃："我收回刚刚的话。我跟叶雯雯说了一万遍了，我不知道她的男人是谁，也没有勾引她的男人，但她总是时不时地就用这个由头来找我麻烦，像听不懂人话一样。"

"行了。"陈副队点点头，"你的意思我大概懂了，就是叶雯雯误会包养她的男人同时也正在追求你，所以她长时间地、不管不顾地找你麻烦，是吗？"

"是。"宁莫寒对着空气翻了一个白眼，"可怜吧？既觉得一条不过千的裙子贵，又担心给她钱花的男人背地里爱着别的女人。这种因为男人患得患失没有安全感的女人，还不如死了算了……"她突然一滞，然后默默地咬了咬下嘴唇，"你当我后面的话在放屁。"

"叶雯雯9号那天来你店里找人的具体原因是什么？"

"被她男人放鸽子了。她说本来她男人答应带她出去透透风的，结果临时爽约，所以她就上我这儿来找人了，一口咬定是我捣的鬼。你们评评理，有这种强盗逻辑吗？"

"你为什么不让她去大厅吧台后的走廊？"

宁莫寒喝了一口水，很奇怪地反问："我为什么要让她去？那是我的地方，我就是不乐意让她去，不可以吗？"

"当然可以。"陈副队点点头，双手交叉在胸前，"视频的最后十几秒，也就是你们争执最激烈的地方，你详细说说？"

"没什么可说的。她不信我说的话，非要上来抢我的手机看我的电话和信息记录，说什么要来一场对质，还说我不给就是做贼心虚，所以我们就在那儿僵持着。然后，我的手机响了，叶雯雯就跟个疯子似的铆足了劲来抢，我烦得一甩手就把她给推开了。"

这时，宁莫寒朝江棉看了过去，她眼里的困惑非常认真："原来硫酸除了毁容之外，还会让人的身体变差吗？我发誓我当时没用多大力气的，但叶雯雯，就那么直直地倒了下去。"

"然后呢？"

陈副队的眼神变得深沉起来，叶雯雯倒下之后，莫寒清吧里的摄像头就彻底坏了，如今叶雯雯死了，那么知道接下来发生了什么的，就只有对面的宁莫寒了。

"然后呢？"他严肃地重复了一遍，"然后发生了什么？宁莫寒，我提醒你一句，这里是全案最为关键的地方，你必须说实话。"

"拜托，你这副表情是想吓死谁？电话响了，我当然就出去接电话啊。"

"你为什么要出去接？"

"因为店子里有叶雯雯呀。"宁莫寒叹了口气，像是撒娇似的看了眼摄像头，然后慢慢地调整好了她有些过于慵懒的坐姿，"我怕她爬起来接着抢我手机，而且那电话挺重要的，所以我就出去了，还特意走远了，穿越了一条巷子。当时还以为自己多会盘算呢，现在看起来真是蠢透了。哎，你们知道是哪条小巷子吗？就是靠着麦琪朵面包店的那条，很窄，穿过去之后是新林街，在那儿还能看到一中的橡胶操场。说真的，为什么现在十几岁的男孩子都这么好看？这算不算得上是人类种族的伟大进步？"

"重要的电话？"陈副队只抓重点，"是谁打给你的？你们又打了多久？"

"是一个男性——朋友。"宁莫寒狡黠地眨了眨眼睛，但很快她又收起了玩笑的表情，"他给我邮寄过境外洋酒，算半个生意伙伴，那几天正在跟我聊新货的事情。赚钱的事情，我当然得重视，现在生意不好做你们是不知——算了，你们要是不放心就自己查吧，我无所谓。但是打了多久我就不清楚了，我这人向来没有什么时间概念。总之，我一回来，就看到清吧门口停着的警车和扎堆的警察了，好像还有记者吧？叽叽喳喳的，像个菜市场。"

"宁莫寒，最后一个问题。"

陈副队站了起来，他走近宁莫寒，凝视着她那张精致的脸庞，语气拿捏得恰当好处。

"既然不是你杀的人，你又眼睁睁地看着你的店子被警察和记者围了起来，你也说了，你是个不愿意吃亏的生意人，那么，你作为一个无辜并且利益可能受损的店主，你为什么要跑？你在怕什么？"

宁莫寒不紧不慢地仰起脸，对着陈副队绽放出了一个非常端庄并且美丽的微笑。

"我说过的，从小到大我连一只鸡都没有杀过，所以我从来没有真真切切地闻过血味。我当时站在你们所有人的身后，被那股味道熏得晕头转向，可能有些夸张，但我真的就是怕了。你问我究竟在怕什么我也不知道——其实，当时的我连叶雯雯死了都不知道。我只知道我不断地后退，脑子里除了赶紧离开这个满是血味的鬼地方外，什么想法都没有，所以我跑了。"

　　-"可是……"她的声音越来越静，就像是落进雪地里的细沙，"我没有杀人。真的。"

第七章
- 江棉和宁莫寒 -

江棉没有想到，宁莫寒会在公安局的大门外等她。

"宁莫寒，你居然……"江棉被突然从角落里蹦到自己眼前的宁莫寒吓了一跳，"你居然还在这里？"

"我在等你呀。"宁莫寒笑得眉眼弯弯，脸上洋溢着一种非常自由的快乐，接着她像个小女孩一样努了努嘴，纤细的手指将抽了一大半的烟随手扔进了街边的草丛里，"可是你们不是五点钟就下班的吗？现在都快八点了哎——你们加班给工资的吗？"

"不算加班，是我忙起来就忘了时间。"江棉顿了顿，"你知道，你这个案子有点棘手。"

"棘手？"宁莫寒若有所思地眨了眨眼睛，她一大早细细擦过的睫毛膏现在看来已经有点晕妆了，"哪方面？是棘手我是凶手，还是棘手我不是凶手？"

江棉笑了笑，宁莫寒的话虽然说得不清不楚，但她知道她要表达什么。

"不管怎么说，你今天已经很配合了，问话比我想象中的要顺利很多。"

"噢——原来不管我是不是凶手，在你们眼里好像都挺棘手。"宁莫寒自嘲地挑眉。

"我不是这个意思。"

江棉投降似的看着宁莫寒，她知道，她不该这么看着宁莫寒，这不是一个警察看一个犯罪嫌疑人时该有的眼神。但她不介意，因为她从小就没办法和别的班干部一样端起那种所谓的"腔调"——或者退一步来说，是因为她从头至尾，都没有把宁莫寒当作过嫌疑人。

"对了，你在这里等我是有什么事吗？"

"当然有。"宁莫寒煞有介事地点了点头，"我饿了。"

"你饿了？"

"对啊。"宁莫寒理直气壮，压根不觉得自己的所作所为有什么令人费解的地方，"不是说有困难找警察吗，我现在就有困难。我的钱被我在路上花光了，银行卡不在身上，手机我给扔了，我也不太敢回店里，肯定还有血味吧，总之……"宁莫寒靠着墙壁撩了把头发，骨子里的媚态浑然天成，"我饿了，我想吃东西。

如果是花甲粉，那我保证你不会后悔花这个钱。"

这个世界上，没有几个人能把宁莫寒和花甲粉这样的路边摊联系起来。

那群排着队赶来献殷勤的男人始终觉得，像宁莫寒这样的人间尤物，肯定是拿夜光杯来装白开水的，所以他们总预订着一桌又一桌的昂贵晚宴，有时候是日料，有时候是法国菜，但都一样，宁莫寒不喜欢，眉眼处没有半分笑意，特别是当她看见对面人满脸都是小心翼翼的讨好时，那顿饭便变得更加难吃了——真是一群可怕的直男。

同时，也没有几个人知道花甲粉对宁莫寒的重要性。

地沟油也好，汤底不卫生也罢，哪怕粉丝是用塑料做的，花甲没有清理干净都可以，宁莫寒不在乎，她只需要从那包银色的锡箔纸中汲取一点力量罢了。

这种力量伴随着喜欢的食物在胃里滋生，接着再缓缓地、暖融融地流向四肢和大脑。又香又辣，鼻尖冒汗，这让她充满安定感和勇气——足以挨过接下来可能有些艰难的时刻。

"老板，我要另加五块钱的花甲！"

宁莫寒一边敲筷子一边朝着老板忙碌的背影喊话，这是她的老习惯。

今夜有风，不算太热，于是宁莫寒的心情就变得非常好，她喜滋滋地看着桌上鲜红的辣椒和翠绿的葱花，口气愉悦地问江棉："你今天早上为什么要给我早餐？"

"早餐？"江棉停下了扯纸的动作，她用来撑手肘的地方有几滴不大不小的油渍。

"别说是因为那个小帅哥，昨晚上他就问我要不要吃点什么了，我说了我只想抽烟。还有，今早坐车来的时候他又问了我要不要吃东西，我也还是拒绝了——因为口红很贵。谁知道我要被你们问多久呢，中途又不让补妆的。"宁莫寒顿了顿，绕了一圈才说出自己想说的，"所以说，其实你认识我？不然的话，你干吗对我好？"

"我当然认识你。"

江棉笑了笑，觉得眼前的宁莫寒比文件上的宁莫寒好相处多了，虽然从表面上看不到任何温柔或者平和，但藏在她眼底和字里行间的那个小姑娘姿态却很明显，明显到让人一看，就知道她被宠坏了。其实，江棉一直觉得，真正被爱意宠坏的人，是不会做一些触及原则或者伤天害理的事情的。因为自古至今，爱带给人的，始终是柔软。

"警察会认识自己案子里所有的当事人和利害关系人。"是的，江棉没有说嫌疑人。

"啧！"宁莫寒有些不乐意地撇了撇嘴，"我说的认识，不是这个认识。"

"其实不算认识你，我是认识你的朋友。"

"我朋友，谁啊？"

江棉发誓在宁莫寒看过来的那一刻，她是想说出"严之霖"三个字的，但不知道为什么，下意识地，她就说出了另外一个名字——祁又生。

"什么？"宁莫寒愣愣地盯着江棉，眼里的惊讶十分坦荡，"你怎么会认识他？"

"认识他——很奇怪吗？"

"也不是奇怪。"宁莫寒有些苦恼地抓了抓自己的长发，"就是他那个人，不是很爱交朋友的——不，不对，他压根就是从不主动结交任何人，以前都这副死样子，现在怎么可能……"宁莫寒的眼珠子转了转，"等等，你们现在是什么关系？"

"什么关系？"江棉的脑子里瞬间闪过了祁又生那双清冷又沉寂的黑眸，"应该是比普通朋友还要普通一点的关系吧。昨晚上因为你的事情，他找我吃了一顿饭。"

"都能上一张餐桌了，这还算哪门子的普通？"宁莫寒将筷子重新插回了筷筒里，似笑非笑地看着江棉，"不普通了——至少对于祁又生来说。你要知道，没有什么事情能让他和除了家人之外的人吃饭的——就算是为我，那也除非是我明天就要被你们架到顶楼去枪决。等等，就算我真的杀了叶雯雯，也犯不着判死刑吧？难道说还是按照古时候的法子，一命抵一命？不是吧，还这么封建呀！"

宁莫寒吐出一口气："算了，暂时先不谈她。"

宁莫寒已经很久没有像眼下这个时刻这么轻松了，所以她想任性地延续一会儿。尽管她知道，等谈过这个八卦后，她还是得面对一条人命，但好心情这种事，总是多一秒算一秒。

"让我来算算，上次和祁又生吃饭是什么时候——啊，想起来了，是我半年前喝多了胃穿孔住院那次，死乞白赖、痛哭流涕才让他留在病房里，跟我吃了同一家粥店的粥。不过，那粥真难吃。"

"为什么？"

"什么为什么？"宁莫寒歪着头，看起来比江棉更困惑，"我刚噼里啪啦说了一大堆呢，警察同志，我怎么知道你问的是哪个为什么？"

"就是祁又生他——为什么只和家里人吃饭？"

"工作啊。"宁莫寒不以为然地耸耸肩，"不然还能因为什么？要不是他这份工作，想跟他一块吃饭的女孩子大概能站满一整个操场吧。"

"工作？"其实从昨晚上祁又生说出那段话之后，江棉寥寥无几的好奇心就被点燃了，她好奇祁又生的为人，好奇祁又生的生活，自然而然地，这份好奇里，也涵盖了他的职业。

江棉认真地想了一会儿，还是有些犹疑不定："他是老师吗？"

　　本来她是想说教授的，但转念一想，祁又生看起来比自己也大不了几岁，教授什么的，太夸张了。虽然她打心眼里觉得，那番话，就应该是个见过了很多世面、参透了很多人生道理的长者才能说出来的话——可祁又生还那么年轻。慧极必伤，也不算什么好事吧。

　　"老师，你开什么玩笑？"

　　宁莫寒在一片香味中张望着自己那份还躺在火上咕噜噜冒热气的花甲粉，心思和声音都飘得有些远："老师顶多就是修修剪剪再浇点水的园丁，祁又生的话，应该算是把它们连根拔起吧——啧，我今天打的比喻怎么都这么奇怪？算了，意思到了就行。反正入殓师不就是干这些的嘛。"

　　"原来他是入殓师啊。"

　　随着这句话最后一个语气词的完成，宁莫寒身形一顿，她缓缓地将脸转了过来，眼里闪烁着的情绪有点复杂。

　　"你说'原来'，所以你根本就不知道他是干什么的？"

　　江棉点了点头。

　　"天哪！"宁莫寒倒吸一口气，双手半遮半掩地捂住了自己的嘴，虽然她第一个反应是庆幸自己的唇妆在此刻已经脱得差不多了，但那些接连涌上心头的歉疚，也是真心实意的。

　　她望着江棉，有些不知所措："你……你不介意吧？不会因为这个对他有什么不好的想法吧？虽然这个职业听起来很可怕，还变态到连'你好''再见'之类的都不能说，可他人还是很好的，真的，这点我可以给你打包票！"

"我为什么要介意？"

谢天谢地，江棉好像没有什么抵触的反应。宁莫寒悄悄地松了一口气。

"不说什么官方的职业平等，这个我们都知道是句不怎么靠谱的话，毕竟一个环卫工人怎么能和一个跨国企业的总经理平等呢？你说是吧？"

"天哪！"宁莫寒再次惊叹了，"你竟然是个这么酷的警察！"

"但我是真的一点也不介意入殓师这份工作。"江棉笑了笑，接下来的话让她有些不好意思开口，"反而我一直觉得这个职业很了不起。医生、护士也好，消防员、警察也好，我觉得只要能和人的生命扯上一点关系的职业，都很了不起。像是入殓师，亲手送亡魂最后一程，让他们体面地离开这个人世，不管怎么想，都是一件既令人感动又让人赞叹的工作吧……"

"天哪！天哪！不行了，江棉，你是叫江棉吧？算了，管他呢，我必须和你喝一杯了，就算你给我买了香菇包我也必须和你喝一杯了。"宁莫寒兴奋地拍了拍桌子，脸颊两边都变得红润起来，"老板，11号桌还要两瓶冰啤酒，不不不，要三瓶。我就知道我没有看错人。"

"我就没有你这么高的觉悟了。"

宁莫寒深吸一口气，费力地平息着那些还在身体里欢呼雀跃的细胞。

"我很小的时候跟别人一样，觉得干这行的人……怎么说，反正我就是觉得成天跟死人打交道这件事很恐怖、很脏，所以我排斥他们，嫌弃他们，但同时又有点害怕他们。不过，在害怕这点上，我跟别人不一样，别人是觉得他们阴气太重、不吉利什么的，说白了就是封建迷信，可我不一样，你想，人总归都是要死的，死了就都得躺在入殓师手下任他们摆弄，可是我们生前那么不待见他们呀，他们会不会趁此公报私仇？因为如果是我的话，我肯定会抓住这个机会，然后狠狠地出一口恶气的，要你们之前那么不知好歹，现在知道错了吧？哼，晚了——真的，我以前可害怕这个了，我甚至幻想过无数回我被入殓师化得乱七八糟的场景……"

"宁莫寒。"江棉笑着摇了摇头，"如果你高中没有被开除的话，我觉得你大学可以念戏剧或者表演方面的专业，长得好看又有想法，一定会大红大紫的。"

"谢谢，我十六岁那年差点就报名中华小姐了。"宁莫寒毫不心虚地承下了江棉这番话，"但是我后来才发现，我那个'害怕'，太自私了。"

"自私？"

"嗯。"宁莫寒重重地点了点头，"我奶奶在我初二的时候出车祸死了，很惨的那种死，汽车的轮胎直接从她头上碾了过去，你知道那是个什么概念吗？我小姨进医院看到的第一眼就吐了，真的特别难看——血糊糊的，又扁又破。你要知道，我奶奶生前是个比我还要爱美的女人，这种死相对她来说，太残忍了，真的。所以，我爸就找了当时市殡仪馆里最好的入殓师，也就是祁又生的爸爸。"

"他爸爸也是入殓师？"

"不止他爸爸，他爷爷、他爷爷的爸爸、他爷爷的爷爷……反正祁家祖宗十八代往上数，都是干这个的。所以，从小就没有人跟祁又生玩。可怜吧？"宁莫寒双手撑着自己尖细的下巴，悠悠地叹了口气，"至少在他出去念大学之前，他都没有体验过跟哥们儿一块逃课打电动和通宵看球赛的生活。太惨了，我要是他，一定会无聊到爆炸的。呀——我跑题了。"

"我记得奶奶追悼会那天很冷，大厅里那几台破空调一直在呜呜呜地叫，特别吵。我们一家人就在这种呜呜呜的声音中等了很久，才等来入殓完成的奶奶。说实话，在等待的那几个小时里，我压根就没抱什么希望，一来是我那时候仍害怕着我的害怕；二来是我出去偷着抽烟的时候，听到担架工们在讨论我奶奶，他们说我奶奶是这大半年来入殓得最久的往生者了——是吧，他们都不叫尸体死者的，他们叫往生者，这称呼一听，就感觉能跟耶稣做朋友。"

"但是我错了，奶奶她……"宁莫寒笑了笑，眼里闪烁着一种奇异又温柔的光，"奶奶她那天特别好看，甚至比她生前自己捣鼓得还要好看。真的。不知道祁叔叔在那个小屋子里用了什么方法——不，应该是魔法。奶奶的脸和头就像没有遭受过车祸一样。她安安静静地躺在水晶棺中，穿着白色的绸缎寿衣，手里握着她最喜欢的姜花。你知道吗，我爷爷那么傲气的一个老头子，老泪纵横，差点要跪着给祁叔叔道谢。我当时就觉得，入殓师这职业，真他妈的酷。"

"然后，你就跟祁又生成为好朋友了吗？"

江棉从来没有想过，有朝一日，"警察"竟能跟"犯罪嫌疑人"聊得如此尽兴。

"早着呢。"宁莫寒摆摆手，"老子酷是老子的事，跟儿子有什么关系？但是有一次我和我朋友放学准备去喝奶茶时，看到初三一个挺有名的混混带着一群人把祁又生逼到了角落里，我特别好奇，所以就留下来看热闹。边上的人告诉我说是因为那个混混认了一个新来的转学生当妹妹，然后那姑娘写了一封情书给祁又生，被祁又生当面拒绝了，于是混混就来找麻烦了。"

讲到这里，宁莫寒非常嫌弃地皱了一下眉。

"虽然我念书的时候也挺混，但我那是混日子的混，那个混混才是混账的混。你知道他当时骂的那些话有多难听吗？不仅连带着说了祁叔叔的坏话，还恐吓大家说那些死了的人会回来找祁家麻烦。但是祁又生一直没反应，冷着脸就跟没听见似的，整了整书包就打算走。混混当然不干啦，一个拳头就朝祁又生挥过去……"

"你猜猜看后来的发展？"

宁莫寒虽然很想卖关子，但急性子的她根本就没有给江棉猜猜看的时间。

"祁又生哗一下就躲过去了，而且还反手给了那个混混两拳。他说，第一拳是因为对方侮辱了祁叔叔，第二拳是因为对方侮辱了那些往生者。天哪，江棉，你是没有看见，祁又生当时真的帅呆了——如果是在拍电影的话，那么镜头一定是从下往上的，然后祁又生就像战神一样站在金灿灿的夕阳下……"

"很孤独吧。"

江棉也不知道自己怎么就想到了"孤独"这个形容词，但是那一刻的祁又生，一定很孤独吧。

家族一直做着这份不被世人所理解的工作，从小就没有肆意玩闹的伙伴，偶尔还得承受一些无端的恶意——难怪——难怪给人的感觉会那么清冷。

她的脑子里突然闪过了很多画面——便利店里祁又生站在原地没有挪动步伐，肌肤无意间接触时祁又生轻蹙的眉头和明显的抵触情绪，以及向他道别时他没有转身回应的背影，还有同在一张西餐桌上时祁又生不似常人的表现，江棉记得很清楚，除了沙拉和纸巾之外，祁又生没有碰过餐桌上的任何东西，甚至连放在他手边的苏打水，他都没有喝过一口。

还有……还有他瘦削的脸颊、冬日深海一般的黑眸和颜色偏浅的薄唇。

原来……原来祁又生这三个字里所蕴含的"循环"，代表的，就是以上所有。

"孤独？"宁莫寒不解，缓了一两秒之后，她才大概反应过来江棉那句话的意思，接着，她在夜风中舒适地伸了一个懒腰，"反正人活着，各有各的苦嘛。生而为人，本来就是一场修行呀——怎么样，这么富有哲理的话是不是把你吓到了？这只是我在汽车上接到的瑜伽馆宣传单而已，光看开头那几句话，我还以为是尼姑庵招人呢。"

"对啦。"宁莫寒笑嘻嘻地朝江棉伸出一只手，狡黠地眨了眨眼睛，"手机借我，我得给祁又生发个短信，我没有钱，没有办法打车回家。"

花甲粉和冰啤酒就是在宁莫寒按下发送键的那一刻，才迟迟被老板送上桌的。

"不好意思，真的是不好意思。"店老板一边擦汗，一边道歉，"今晚实在有点忙，在你们来之前有一个几十份的外卖订单，再加上你们这桌又另外添了份花甲，这个花甲啊，必须煮得熟一点，不然不干净，所以才耽搁了这么久，我给你们多送一份小菜，好下酒。"

"吴老板你说什么呢，咱们都老熟人了，难道还跟你计较这个呀？"宁莫寒在食物充盈丰满的香气中，笑得一脸满足，"但是如果你再送我们一份小鱼皮的话……"

"没问题。宁大美人都开口了，我老吴立刻送上一份卤汁最多的鱼皮。"店老板乐呵呵地点头，"我数了数，你大概有小半个月没有来我这摊了吧？我还以为你不爱吃这个味了。"

"怎么可能！"宁莫寒噘着嘴，想了一会儿才开口，"我最近啊——是拍电影去了。"

"你也真能糊弄人。"

江棉小心翼翼地用筷子剥着砂锅里那层滚烫的锡箔纸，声音窸窣，这让她想起之前看过的一个节目，电影配音师要配出大火燃烧的声音时，用的就是类似的方法。

"我也没说错呀。"宁莫寒无辜地耸了耸肩，顺便吹走了玻璃杯上的啤酒泡，"莫名其妙被怀疑杀了个人，然后莫名其妙开始了逃亡生涯——这难道不是电影里才会发生的事情？"

江棉笑了笑，接过了宁莫寒递来的酒杯。

"但是，我是第一次出演电影，所以难免记错台词。"

"什么意思？"江棉一愣，抬起眼睛直直地看向对面的宁莫寒。

"我……"宁莫寒做了一个深呼吸，很好，口舌间都是花甲粉的香味，"我没有说全部的实话，在今天上午你们问我话的时候。"

"宁莫寒，你是不是疯了？"江棉攥紧了手中的筷子，声音虽小，却非常用力。

"疯了才会又主动跑回来承认撒谎吧。"宁莫寒有点委屈，"我说了这是我第一次被警察问话，没有一点经验，所以难免——反正我第一次调酒还连着摔碎了好几个杯子呢。"

"宁莫寒，你不要装傻。这跟经验没有任何关系，说白了这只是你的态度问题。陈副队提醒了你那么多次，不要撒谎，要说实话，你为什么还要这么做？"江棉眉头皱了起来，"你知不知道你作为唯一的犯罪嫌疑人，在首次讯问的时候撒谎，是一件非常恶劣的事情？"

"那……"宁莫寒憋着气，试探地看了一眼脸色不大好的江棉，"我会不会坐牢？"

"先不说这个。你告诉我，你究竟在哪里撒了谎？"

宁莫寒张着嘴，半晌都没发出声音，最终只是有些烦躁地将手边的啤酒一饮而尽。

"需要时间整理思绪吗？"

"不需要。"

啤酒的酸苦和冰凉狠狠地刺激了一把宁莫寒的味蕾，她摇摇头，两只手在桌子底下胡乱地绞着。

　　"其实很简单。我少提了一个人，因为 8 月 9 号那天他根本
就没有出现，所以我当时想着干脆蒙混过去算了。还有，叶雯雯
爱的也不是那个包养她的老男人，但我是真的不知道那个老男人
是谁，这点我没有撒谎。就这些了——这些，还不至于让我真的
去坐牢吧？"

　　江棉呼吸一滞，她静静地看着宁莫寒的双眼，艰难地开了口：
"你没说的，和叶雯雯爱的，是不是同一个人？"

　　"是。"

　　"严之霖，是不是？"

　　"天哪，江棉……"宁莫寒不可置信地倒吸了一口凉气，"你
是怎么知道的？"

第八章
- 严之霖 -

严之霖有很严重的入睡障碍性失眠。

入睡障碍性失眠，即指入睡困难，属于睡眠障碍的表现。多发于成年人群中，并且有百分之十五的成年人为长期睡眠障碍者——来自医学上的官方解释。

但严之霖却不怎么信任这个说法。

因为他从很小很小的时候，就开始对"睡着"这件事，感到非常吃力。

起初只是午睡的缺失。

年轻的幼儿园女老师在一片均匀的呼吸声中，小心翼翼地蹲在了严之霖的小床边，她笑起来像风铃——这是长大之后的严之霖，对幼儿园的唯一印象。

"你怎么不睡觉呢？"她问四岁的严之霖。

"我睡不着。"

"上午我们学了唱歌，还做了纸兔子。你不累吗？"

"累。"严之霖点了点头，"但累和睡觉之间，有关系吗？"

"严之霖小朋友，你真的只有四岁吗？"女老师笑了笑，最终决定对着眼前那张肉嘟嘟的娃娃脸使出撒手锏，"可是如果你不乖乖睡觉的话，等会儿就没有甜牛奶和小饼干吃了喔。"

"那我不要它们了，你分给其他的小朋友或者你自己吃掉都可以。"严之霖很认真地看着女老师，"这样的话，我是不是就可以不用睡觉了？"

——你看，有的人天生就会算计和谈判。这是商人的血脉。

然后，是青春期整夜整夜地等待天明。

空气中浮动着一股隐秘且复杂的香味，有洗发液味，有沐浴露味，有女性香水味，有窗外月光的清凉味，还有躺在身边、赤裸裸的少女的体香。

"呀！"女孩子模模糊糊地醒来，对上了严之霖眼底的一片清明，她眯着大眼睛，困倦地笑笑，声音很稚嫩，尾音却拖着情欲过后的暗哑，"你怎么醒啦？是不是做噩梦了？"

严之霖将女孩子的脸从雪白的枕头和她海藻一般的长卷发中捞了起来，那一瞬间，月光如水。严之霖凝视着那张含苞待放的脸——哦，不，她已经盛开过了。就在今晚，就在三个小时前，就在他的身下。

他凝视着她的脸，恍然间觉得自己像是一个整日荡在海面上的渔夫，小船儿摇摇晃晃，月光摇摇晃晃，他网一撒，就捉到了一条未成年的小美人鱼。

"我没有做噩梦。"他温柔地笑笑，这是他对女性惯用的表情，"你呢，怎么醒了？"

"因为我……"女孩子羞怯地用脸颊轻轻蹭着严之霖的手掌，"我全身酸疼得厉害。"

"对不起，我的小美人鱼。"

严之霖的身体再一次朝女孩子埋了过去，另一只手迅速地环住了她的腰，纤细、丝滑、柔若无骨——上帝一定说过，任何美好的词语都可以用来赞扬少女。他缓缓地、绵密地、炙热地将一长串细碎的吻从她的脖颈处一路栽种至她的胸前。他咬了她一口，女孩子的脚趾头也随之蜷缩了起来，然后，他听见她拖着哭腔，颤颤巍巍地、潮湿地嘤咛了一声。

——对不起，我月光下，会唱歌的，小美人鱼。

我猜你已经认定了我。因为我在你灿若星辰的眸子里，看到了"宿命"两个字。

但是你得明白，渔夫不会怜悯猎物，更不会和猎物相依为命。

所以等熬过这漫长的一宿，我们可能没办法再像现在一样亲密无间了。

——所以，对不起，我的小美人鱼。我答应你，明晚，我一定争取做上一个噩梦。

最后，就是现在。

严之霖睁着双眼，直直地与天花板对视着，然后，他听到了一阵急促的门铃声。

是季野。

从小到大，季野按门铃的习惯就没有变过。

"你怎么开门开这么迟？"季野一边不满地嘟囔，一边自顾自地换上了拖鞋，回头才发现严之霖还光着脚，"行吧，看样子你昨晚又挺惨的，几点睡的？"

"不知道。"严之霖患有入睡性障碍这件事，只有季野知道。

倒不是为了遵循"最好的朋友间必须没有秘密"这种约定，而是严之霖清楚，这世上大概只有他和季野才会真的发自内心地觉得——"睡不着"这件事，其实小得不能再小，甚至都不能够称之为"病"。严之霖喜欢这种态度，所以这么长时间以来，他一直抗拒着主治医师劝他服药的建议。

"我昨晚十二点就洗完了澡，然后一直躺在床上数羊。"

"数羊？"季野大大咧咧地躺在沙发上，枕着自己的手臂朝严之霖扬了扬下巴，"你是幼儿园的小朋友吗？来，给叔叔汇报一下，昨晚数到多少只才睡着？"

"不知道。"严之霖靠着墙，晃了晃手中的玻璃杯，"在你来之前，我正在想这个问题。"

"我之前就说了，数羊这办法是用来骗小孩儿的，还不如我推荐给你的看书、看电影呢。"季野一脸得意，"真的，你得听我的。你看，这沙发不就是听了我的建议嘛，你看，多好。"

"季野。"严之霖朝着沙发走过去，就近坐在了季野的脚边，"你知道为什么你看书和看电影的时候，瞌睡会来得这么快吗？"

"嗯？"季野一骨碌爬起来，眨巴着眼睛摇摇头，"不知道。大家不都是这样的吗？"

"不是。"严之霖眯起桃花眼，慵懒又温柔地笑了笑，"只有没脑子的人，才会这样。"

"靠！"季野一拳头挥过去，毫不意外地被严之霖稳稳接住，"你他妈回回接住！你就不能让让我？严之霖你有没有脸，你比我大四个月，你得让着我，尊老爱幼你懂不……"

"那也是尊老在前，季学弟。"严之霖松开季野，顺手摸了一把他乱糟糟的头发，"你什么时候能好好地开一辆正常的车？你那个重机车太危险了。"

"嘁，那是你们老年人不懂潮流。我这叫酷，你懂什么。"

"行吧。"严之霖看了眼角落里的落地摆钟，"快十一点了，你是要现在吃饭，还是暂时先填个肚子？"

"吃饭。"季野一顿，脸上的表情也随之僵硬起来，接着他十分不自然地舔了舔下嘴唇，"不吃……不吃饭，现在太早了。"

"好。"严之霖故意忽视了季野此刻的反应，他垂下眼，认真地将米灰色家居服的袖子挽到了手肘以上，"三明治怎么样？除了鸡蛋和芝士之外，今天是要加火腿，还是鳕鱼？"

"严之霖。"

季野的声音非常干涩，干涩到让严之霖觉得，他好像从来没有听见过季野这么喊过他，甚至他都很难想象，原来季野，也可以发出这样的声音。

"怎么了？"

"我们好歹做了二十四年的朋友，是不是我不主动提，你就打算一直瞒着我？"

"你指的是什么？"严之霖仍旧面带笑意，眸子里波澜不惊。

"叶雯雯。"季野再次强调了一遍，"我指的是叶雯雯。8月9号死了的那个叶雯雯。"

"然后呢？"

"靠，严之霖你怎么……"

"季野，我知道你在想什么。"严之霖笑了笑，安抚性地拍了拍季野的手背，很凉，但是连他自己都不知道,凉的人究竟是他，还是季野，"叶雯雯不是我杀的。我这么说，你安心了吗？"

"不，不是这样的，严之霖。我不管人是不是你杀的，可你那天吃饭的时候为什么要……"

"季野，你好好想想。江棉说起案子的时候，我只是提到了叶雯雯的名字，接着她问我为什么会知道死者的名字时，我说话了吗？从头至尾都是小不点替我在回答。然后，我再问江棉，宁莫寒是不是确定的犯罪嫌疑人，这句话有错吗？我的确追过宁莫寒，你们都知道。"

"对，你说得都没错，但你当时为什么不说其实你跟叶雯雯认识，而且她还很喜欢你？"

"你讲点道理好不好——"严之霖笑着拖长了声音，"我认识那么多女孩子，那么多女孩子都喜欢我，难道我都要一一列举出来？而且大家平常对我的私生活和感情状况不是都不怎么感兴趣的吗？难道就因为叶雯雯死了，所以，你觉得我没有将她说出来，我就变得很蹊跷了，是这个意思吗？季野，你难道不觉得你这种逻辑对我来说，有点不太公平吗？"

"严之霖。"季野投降了，他重新躺进了沙发里，连眼睛也懒得再睁开，"你有时候真的让我觉得，你聪明得好可怕。"

"不管怎么样，这件事都跟你没有关系。我先给你做三明治，然后你吃完了再告诉我，江棉在哪个餐厅里等我——你今天来找我，为的不就是这个吗？"严之霖站了起来，声音一如既往的平常，"那么，季野，你现在可以告诉我，除了鸡蛋和芝士，你是要加火腿，还是鳕鱼了吗？"

江棉特意选在了叶雯雯大学附近的餐厅。

现在是 8 月底，还没有开学，所以平常总是拥挤不堪的美食一条街在此时显得格外萧条。

江棉拉开包厢的窗帘朝外望去，只有稀稀拉拉的几个人，大概是行政办的教职人员和一些留校备考的学生，步伐匆忙，一脸的疲惫和倦意。

校门口的路面趁着放假又重新压了一遍沥青，又黑又厚，隔着一层厚厚的玻璃，她好像都能感受到那股被阳光烤化的沥青味，冲鼻又冲脑——看来这夏天，到底是还没有过完。

"你居然选在这里。"

严之霖推开了包厢的门，随即又对着一直跟随在他身后想递菜单的小姑娘笑了一下，低声道了句谢谢，于是小姑娘的脸立马就红了起来。

"我觉得这里比较有意义。"江棉仰起脸，冲他一笑。

"什么意义？让我触景伤情，然后痛哭流涕地将所有实情都上报给警察和国家吗？"严之霖喝了口水，看起来很轻松，"江棉，你比我想象中的要厉害一点。真的。"

"谢谢。"江棉知道，这并不是一句普通的夸奖，接着，她又看了眼再没有动静的木门，"季野人呢？"

"我没有让他跟来。毕竟跟他没有任何关系，多一事不如少一事。"

"严之霖。"江棉很认真，"其实我觉得你是个特别好的人，你总是很照顾季野和身边的朋友，甚至连带着我，你都很照顾，虽然你从不说什么但大家心里都——"

"那些被我甩掉的女孩子可不这么想。"

"不过在这点上，倒的确是你活该。"

"江棉。"严之霖靠在沙发后背上，笑着说，"我以前怎么没发现你这么厉害？"

江棉也跟着笑了笑，没有回答。他们都清楚，有种疑问，生来就不需要解答。

于是，在这片短暂的沉寂中，严之霖将眼神慢慢地投向了窗外。

她想，他此时应该也看到了那条崭新的柏油路、那几个被高温和沥青折磨得满是怨气的行人，还有那扇历经了百年风霜却仍旧屹立不倒的学院侧门——说不定，他还看到了一些，她看不到的，有关叶雯雯的记忆。

"有什么话你就直接挑明了说，我们都认识这么多年了。"严之霖收回目光，不得不承认，在这一刻，他有点想抽烟，"比如宁莫寒她——告诉你了什么？"

"她什么也没来得及告诉我就醉倒了。"

江棉顿了顿，其实那晚从宁莫寒口中接收到的消息，她到现在还在消化——当然，那些消息的主人公，并不全是眼前的严之霖。

"而且我第一次知道，原来自己开清吧的人，三杯啤酒下肚，就能不省人事。"

"对，所以她从不和她信不过的人喝酒。"严之霖笑笑，"整天靠着脸虚张声势，居然也能唬住那么多人，让大家以为她是千杯不醉。不过，她心情好的时候，调的酒的确不错，你下次可以去试试。个人建议，'孤儿院'比'修女'好喝。"

"她在我们第一次讯问的时候，没有说实话。"江棉言归正传。

"什么意思？"

"她想替你瞒下来——"这时，之前点的菜陆陆续续被服务员端上了桌，趁着上菜的空当，江棉又重新整理了一下自己的思绪，"或者说，她把事情想得太简单了，以为 8 月 9 号那天你没有出现，你就肯定跟这起案子没有关系，干脆就帮你省点不必要的麻烦算了——她大概就是这么想的，所以在第一次接受讯问的时候，关于你的半个字，她都没有提过。"

"她就是这样的，脑子不怎么够用，为人很义气。"严之霖给江棉盛了一碗汤，虽然他知道这种小店不会用太好的排骨，但眼前这碗汤，的确熬得很香，"不管她的出发点是什么，总归也是想保护我，那么我送她的那些玫瑰和香水，也算另一种意义上的值得了。"

"你追过宁莫寒，而且时间很久。"

"对。"严之霖毫不避讳，"那天吃饭的时候，小不点就告诉你了。"

"那……"江棉犹豫了会儿，她对于接下来的话有点羞于启齿。

"什么？"

"那你是真的爱宁莫寒吗？"

"江棉。"严之霖笑着摇了摇头，"我十分钟前刚夸过你厉害，你看你，现在又缩回去了。其实你想问的，是我爱不爱叶雯雯，对吗？"

江棉一愣，点了点头。

"也是那天吃饭的时候，小不点后来问季野愿不愿意为你点烽火台，这事你记得吗？"

"记得。"江棉下意识地提了一口气，她的预感和直觉是对的，严之霖的那番话果然有问题——或者说，是别有深意。"而且我也记得你后来说的话，你说你也觉得不划算。"

"这就是我给你的答案。"严之霖静静地看着眼前还未解惑的江棉。

"你这是什么意思？"

"叶雯雯对我来说，就是褒姒这样一个惊艳又动人的存在。"严之霖说到这里的时候停顿了一下。

因为叶雯雯毁容前的那张脸，正以一种非常缓慢，却又实在让人措手不及的速度涌进了他的胸膛——就像是夕阳下翻滚而至的海浪——那些海浪是她的眉，是她的眼，是她嘴边深深的酒窝——他看到了，它们已经前赴后继地上岸了，很快，它们就要在海礁上粉身碎骨了，它们就要和他同归于尽了。所以，他必须停顿一下。

他不得不承认，那些海浪，或者说是叶雯雯，又一次精准地拍在了他心中最为柔软的地方。

　　"我爱她，但我没办法像周幽王爱褒姒一样那么爱她。"严之霖笑了笑，"撇开那些未知的美人不谈，因为这显得我特别无耻。我只能说，相比于她，我更爱江山、权力，还有皇位。"

　　"严之霖。"江棉紧紧皱着眉，"你别打哑谜了，你到底是什么意思？你和叶雯雯……"

　　"她是我爸爸包养的情人。"严之霖给江棉夹了一块鱼肉，白嫩的鱼肚皮上还夹带了一点姜丝和葱花。他非常平静，口气甚至有些事不关己，"大概从两年前开始。"

第九章
- 严之霖和叶雯雯 -

　　严之霖第一次见到叶雯雯，是在严家别墅的露天阳台上。

　　他彻夜未归，带着一身烟酒气准备直接回房休息，却无意间在旋转楼梯上瞥见了一个陌生女人的背影——这不足为奇，严家父子风流成性，严之霖念初中的时候就已经知道了父母间的君子协议。但他还是停了下来，然后抬腿往左走了十来步，推开了阳台那扇落地玻璃门。

　　这个女人，穿的是他的衬衫。

　　"早上好！"

　　叶雯雯没有转身，她只是听到挂在门边的那串风铃响了起来，清脆又延绵。

"早上好。"严之霖顺手拉开了一把乳白色的铁皮镂花椅，却不急着坐下去。

他半眯着眼，仔细打量了一番眼前的女人，黑色的长直发，发尾修剪得很齐，宽大衬衫下的两条腿又白又细，大概还是个学生。他笑笑，看来父亲最近的眼光又有了变化。

"你笑什么呀？"叶雯雯的手还停留在栏杆上，脸和大半个身子却已经转了过来。这个动作本来是再平常不过的，但胜在她身段纤细，所以做起来格外轻盈。

"咦，你是谁？"

她咬了咬她丰满性感的下嘴唇，稍显困惑地看着严之霖。她好像既不认识他，也没有见过他——毕竟这么好看的男人，只要大概看过一眼，记忆点也足够鲜明。

风默默地灌满了叶雯雯的衬衫，她将栏杆又攥紧了几分，于是栏杆也有些发热了。

"那你呢？"严之霖的笑意不减反增，他就这么直直地看着叶雯雯，发现她的正脸比背影更好看，非要形容的话——是一种非常清纯的撩人，"你又是谁？"

"我？"叶雯雯一挑眉，松开栏杆从站着的阶梯上跳了下来。她朝严之霖走近，双手在空气中优美地划出一个半圆，"显而易见嘛，是这栋别墅未来的女主人。"

"原来是这样。"

严之霖将眼神收回，看来比未来女主人一说更显而易见的是，眼前的女孩子，的确是个没怎么见过世面的学生——他也是后来才明白的，见识短浅的学生和一再失意的中年创业者，往往是这世上口气最大的两类人。不过，看在是美女的份上，他还是决定做一回好人。

"那我提醒一下你。"严之霖将屏幕还亮着的手机在空中朝着叶雯雯摇了两下，"这栋别墅现在的女主人已经回来了。她的车，大概还有十分钟停进地下车库。"

"什么？"叶雯雯一时间没有反应过来。她记得严总跟她说今天是绝对安全的一天。

"不用回房拿你的东西了，我妈从来不进我爸的房间，虽然她什么都知道。"严之霖彻夜未曾降临的倦意在此刻有了些微妙的觉醒，他打了个哈欠，慵懒地耸了耸肩，"但心里清楚和当面撞见，到底是两回事，不是吗？所以你——从一楼的杂物间后门出去吧。"他看着她，仍旧是满脸笑意，"这是作为未来的女主人，必须懂得的道理。"

"你……"叶雯雯小小地惊呼出声，她知道时间有些赶，她必须立刻从三楼的阳台上离开，然后走进那间有后门的杂物间，但她还是在严之霖身边停了下来，她指着他，在夏初的清晨光照下，最顶端的那截指尖，似乎变得有些透明。她看着他，声音里有种莫名的、毫无遮拦的兴奋，"原来你是严总的儿子——难怪眉眼间有点神似，不过，你还是比严总长得好看。"

"嘘！"严之霖笑着做了一个嘘声的动作，"我爸最介意别人说他不帅。"

"是吗——"叶雯雯愉快地拉长了声音，睫毛扑闪扑闪的，像个小女孩。

严之霖发誓，他接下来的那个垂眸，真的是无意的，或许他当时只是被风迷了眼睛也说不定，总之，他没有变态到去看别人身上的那些印记——叶雯雯的锁骨很秀气，哪怕她很瘦，那两块骨头也依旧不突出，只是伏在她锁骨之上那串紫红色的不规则痕迹，着实让人分心。

他知道那是什么。所以，他很快地别开了眼睛。

"你还有六分钟。"

"那我们下次再聊？我叫叶雯雯，我知道你的名字，严总常念叨的，你叫严之霖，比我大一年零几个月，哎，说到底还是同辈人聊得来一点……"叶雯雯正意犹未尽地说着话，却突然又朝着严之霖靠近了好几步，她皱着眉，深吸了一口气，"呀，你身上这个味儿。"

"什么？"严之霖不懂叶雯雯的意思。

"是女士香水。"叶雯雯抬起头，非常认真地看了严之霖一眼，"是我最喜欢的香水。我之前在专柜试了很多款，只有这款，把玫瑰和胡椒中和得非常甜。"她又笑了起来，这个笑容看在严之霖眼里，有一种莫名其妙的欣慰，"喜欢这款香的人不多的，你女朋友真有品位。"

"喜欢就买。"

严之霖不了解女香，也没有所谓的女朋友——至少昨晚睡在一起的女孩子，充其量只能算一个女伴。所以，除了"喜欢就买"这种绝对不会出错的废话之外，他暂时想不到其他的回复。

但让他意外的是，眼前的叶雯雯，居然因为这句话而变得有些不好意思起来。

并且他看得出来，她的不好意思，是一种非常单纯的不好意思，甚至不夹杂一丝羞怯。

"我，我自己买不起。这香水很贵的。"

叶雯雯本来是看着严之霖的，但她后知后觉，在这种时刻这么看着他，好像是不对的。

"我刚跟严总没多久，还不太敢向他开口要什么，虽然他很大方，给我办的卡里钱很足，但是我都把……"

"这有什么。"严之霖无声地笑了笑——原来真的会有人，一紧张就开始揪衣服下摆。他收回眼光，声音很轻，"我送你啊。"

自此之后，再相见的地点，就变成了各式各样的酒店。

"说实话，叶雯雯。"

严之霖从床上坐了起来，点燃了一支烟——其实他在女性面前向来都是秉持着不抽烟原则的，就算是事后，他也会去浴室或者阳台，哪里都行，总之，不会在床上。

但不知道为什么，在叶雯雯面前，他总是有些反常。

比如，他不会像以往逢场作戏一样，故意将她喊得很亲密或者很甜腻，他只喊她叶雯雯，少一个字都不行。再比如，他能在她身旁很快地睡着，这太反常了，他甚至都来不及数羊。

"什么？"

"我还是很意外，你居然不抽烟。"

"你这人真是……"他听见叶雯雯在一片黑暗中轻轻地笑出了声，"能不能意外点新鲜的？"

现在是凌晨三点一刻，最多是三点二十分。

绝对错不了。叶雯雯笃定。她在凭空掐时间这点上，对自己充满自信。

可这么晚了，她还没有睡着，甚至连一丁点儿睡意都没有，为什么呢——难道是因为偷情太过刺激？不对，不对——再怎么着，也得和严总正儿八经确定一个正当关系后，自己和严之霖并排躺在床上才能算偷情吧？可自己本来就和严总属于不正当关系了，那么，这种不正当关系再乘以一个二，又到底算什么呢？难道是负负得正？但是这世界上没有这么好的事吧——算了，不想了。叶雯雯轻轻地叹了口气，一定是下午形体课上那杯咖啡的错。

　　起因很简单，一个看不惯她的女同学用很大的声音嘲笑了她手中的饮料，说她没有品位，居然喝那么老土、那么便宜的纸装苹果汁。叶雯雯当下除了一愣，其实还有点委屈——不是为自己，是为手中的苹果汁。它明明是以前的自己必须努力很久才能得到的一口甘甜。

　　想到这里，叶雯雯的委屈立马烟消云散了，她责怪自己，居然又忘了"今非昔比"这四个字。所以，她去星巴克买了一杯最贵的咖啡，喝了很久才喝完。又甜又苦的，她不喜欢这个味道。

　　"暂时找不到新鲜的。"
　　严之霖的烟快抽完了。那一星点的光亮，像是海洋上一座微弱的信号塔。
　　所以叶雯雯朝着那座信号塔游了过去，她用双手抱住了他。他精瘦有力，皮肤光滑紧致，不管是他的哪个部位，叶雯雯都能感受到那股原始的欲望和生命的向上——这大概，就是所谓的年轻吧。叶雯雯也是在抱住严之霖的时候才弄明白的，原来年轻这种抽象的东西，也可以具化成一种实实在在的味道——真好闻，哪怕此时沾了些烟草味，也好闻。
　　"反正你就是觉得我那么坏，所以所有的坏事我都应该一件不落的——"
　　"我没觉得你坏。"严之霖轻轻地皱起了眉头，"你过去点，我怕烟灰烫着你。"

"不怕。"叶雯雯的眼睛亮了起来，"我也觉得我不坏。我可厉害了，我像杨玉环。"

"杨玉环？"严之霖摸了一把叶雯雯纤细的后腰，惹得她一阵战栗，"你在乱想些什么？"

"哎呀！"叶雯雯不乐意地嘟着嘴，在严之霖的手掌间赌气似的胡乱扭了几下，"你们男人的脑子里除了身材是不是想不到别的了？亏你还是个高材生，你……"

"那也不对。"严之霖慢条斯理地将烟蒂扔进了床头柜上那个带水的烟灰缸里，滋滋声很小，但在夜里却平添了几分肃杀的意味，"杨玉环是先做了唐玄宗儿子李瑁的王妃，之后才被唐玄宗册封为贵妃的。你顺序反了。"

"这种细节问题你就不要太在意了嘛——"叶雯雯撒娇似的拉长了声音，"而且除了她，还有谁能拿来跟我比呢？"

"那也不要跟她比。"严之霖有些隐隐不安，"她最后死得很惨。"

"不怕。"叶雯雯陶醉地闭上了眼睛，"你听——云想衣裳花想容，春风拂槛露华浓。多美呀，能这么美过谁还管怎么死的呀，反正全天下的人都得死，谁又能这么美过呢。"

严之霖笑了笑，没有说话。

　　他在第二次见面，也就是他们第一次上床的时候，就发现了叶雯雯这个人很天真——但这种天真跟她是不是个学生，或者有没有见过世面没关系。这种天真，是长在她身体里的一种东西，她说话的时候、微笑的时候、被自己进入的时候，那股天真的神情就像水一样，汩汩地往外流——也不知道是好是坏。总之，严之霖想，护住一时是一时。

　　半晌，他才点头："嗯。你说得对。"

　　"毕竟再惨能有多惨呢。死不过是一瞬间的事情，往后的千千万万都是自由和解脱，惨那么一下子，不算划不来吧。"

　　叶雯雯不知道什么时候把眼睛睁开了，陶醉荡然无存，只剩一片非常寂静的空洞，可就算这样，严之霖也仍然觉得他看到了那层天真，只不过此刻的天真，带了些陌生的残忍。

　　"严之霖，我从来没有和你讲过我过去的事情吧……"

　　"我家在一个很小很破的镇子里，落后到什么程度呢？镇上连个像样的超市都没有，这么说，你能懂了吧？我也不是独生女，我头上有一个大哥，因为和他兄弟们轮奸了一个隔壁镇的小姑娘，被判了八年。

　　"我底下还有两个弟弟，其实还有一个妹妹的，但小时候发高烧烧坏了肺，没钱治，四岁的时候就死了。她死的时候是冬天，特别冷，那天下了好大的雪，她穿着我以前最喜欢的一件灰色棉袄蜷缩在床上，不停地出汗和发抖，露出来的脸和手，全部都被烧得红彤彤的。你知道像什么吗——像一只快要烤煳了的小红薯。好笑吧？"

　　说到这里，叶雯雯停了下来，她笑了笑，仿佛刚刚她真的说了一件很好笑的事情。

　　"我妈好赌，我爸酗酒。所以，我在过去的那十几年中，听到最多的声音就是各种牌具的撞击声和酒瓶子的碎裂声，接着，就是人声的争吵。如果我妈输了钱，或者是小卖部的人不愿意赊酒给我爸了，那么那天争吵的激烈程度就会更上一层楼。"

　　叶雯雯抬起眼睛，直直地看着身旁从小养尊处优、根本不知道"贫穷"和"卑微"这几个字怎么写的严之霖——她就这样看着他，眼里的惨淡十分动人。

　　"说真的，严之霖，明明是一家人啊——明明是流着一样的血住在同一个屋檐下的一家人啊，怎么能用那么脏、那么恶毒的话去诅咒对方呢？弟弟们总是哭，他们好像除了吃饭和睡觉，就只会扯着嗓子哭了——好吵啊，严之霖，所以，我决定我一定要离开那个所谓的家，哪怕我不喜欢念书也一定要考上大学走出去，哪怕每晚被吵到盯着闹钟数时间，也绝对不能放弃高考这件事——终于，在我的一模成绩出来之后，我爸妈可高兴了，就在我以为他们至少还有点为人父母的样子时，我爸兴奋地拉着我的手，说要我报唱歌、跳舞、演戏那样的专业，说念这种专业的女孩子，挣钱的机会多——严之霖，你知道我爸的意思的，对不对？"

她的眼泪终于顺畅地流了下来。她笑着问他："你看看手机，现在是不是四点过五分？"

"原来叶雯雯她——以前这么可怜。"

江棉看着严之霖，心里莫名其妙的那些愧意让她有点不知所措。虽然通过调查，她知道了叶雯雯家境贫困，但她并不知道，原来在那层贫困之下，还埋藏着这么多的暗涌。

"不，她不可怜。"严之霖笑笑，"每个人都各有各的可怜，只是看可怜的程度和层次不同。叶雯雯已经很幸运了，至少她一次就考上了大学，圆了她要离开家乡的梦；至少她很顺利地找到金主供她过上了她以前想都不敢想的日子，只是……"

只是严之霖有点后悔，在那个叶雯雯含着眼泪笑问他是不是四点过五分的夜晚里，他应该说他爱她的，再不济他也应该说他以后一定会好好照顾她的——这些他都知道，只是他之前就提过了，在叶雯雯面前，他总有些反常。所以，他最后只是轻轻地跟她说了句"辛苦了"。

辛苦了——多么可怕的三个字。

轻轻松松地就承认了叶雯雯过去的那些耻辱和煎熬，是真的存在过。

"只是什么？"江棉问。

严之霖摇摇头。

"好吧。"江棉决定换个话题，"也许有点冒昧，但我还是得问问你，严伯伯——算了，我现在还是喊他严总吧。严总他知道你和叶雯雯的关系吗？"

"知道，毕竟我爸那种老狐狸……"严之霖很配合，因为他发现他等会儿有事得拜托江棉帮忙，"虽然我和叶雯雯每次都换不同的、地点偏僻的酒店，甚至我还特意避开了那些我爸常去的，或者有贵宾卡的地方，但姜总是老的辣。他在我面前提到过一次叶雯雯，非常无意地提了一句，就像是在说一道菜的咸淡，但我知道，他知道了。因为他从来不和我提他这方面的事情，我们家很尊重隐私，但他破例提了叶雯雯，就是在警醒我。"

"那严总他……"

虽然江棉见严伯伯的次数不比见季叔叔的次数那么多，但她仍旧记得微胖的严伯伯在第一次见面时就朝她竖起大拇指，连连称赞她是英雄后代的场景，甚至连他眼里一闪而过的疼惜，她都记得清清楚楚——从小到大，因为爸爸的事情，她已经见过太多假惺惺，或者说不那么真挚的疼惜了，但严伯伯这里的，是真的。至少在她看来，是真的。

"他应该很伤心吧？"

"如果是因为我，那么应该有点。"严之霖坦诚得不像话，"但如果你指的是叶雯雯，那么我爸肯定不会伤心。像叶雯雯这样的女孩子，我爸要多少有多少。他没有你想象中的那么在乎叶雯雯。

实话。"

"所以，你是为了转移严总的视线，才开始追求宁莫寒的吗？"

"对。但好像给她添了不少麻烦，因为我没想到叶雯雯会那么——算了，换来换去都换不到一个褒义词。"

"严之霖。"

江棉用力地看着对面的人，垂在桌子底下的手，也在不知不觉中，握成了一个拳头。绕了这么大一个圈，她终于要问出她想要问的那个问题了。

"叶雯雯被硫酸毁容——是不是跟这些事情有关？"

"江棉，你今天找我来，是为了叶雯雯的死。"严之霖静静地看着江棉，"可你现在又问起那么久之前的毁容案，你是在怀疑什么？"

"我不是在怀疑什么，我只是有种直觉，这两起案子之间可能会有些联系。我知道警察办案靠直觉这说出去会让人笑掉大牙，但我就是……就是……"

江棉咬了咬下唇，在她没有组织好语言的时候，她会靠着这个动作给自己一点缓冲的时间。提及毁容案也的确是她自己一时兴起，整个二队都没有人往这方面想过，但就在和严之霖对话的刚才，她却突然觉得这两起案子间，说不定真的有什么联系。

"毁容案的资料我在以前的支队时整理过。泼叶雯雯硫酸的是一个四十来岁的外地民工，按照工友们的叙述，他平时是个非常老实、非常闷肚子的人，但就是这样的一个人，作案动机居然是因为仇富。他说他看不惯他辛辛苦苦埋头干一年的工钱，还抵不上叶雯雯一个小时的挥霍。

"当然，你可以说最老实的人往往藏着最坏的心思。可那个民工连小学文化都没有，他是怎么知道个人购买高浓度硫酸还要走特殊程序的？他跟叶雯雯素不相识，是怎么知道她一个小时花了多少钱的？就因为她总提着购物袋经过他们工地？那一个男性民工又是怎么知道那些购物袋里的准确价钱的？还有，他仅仅连着请了四天假，是怎么把握住叶雯雯会在四天中的最后一天出现在友和商场的？"

"严之霖。"江棉的眼神很微妙地闪了一下，"最重要的是，这个案子发生的第二个星期，省里头就来人检查了，所以在那个民工的自首和供述下，这起毁容案非常迅速地走完了侦查流程。你……懂我的意思吗？"

"所以你怀疑的是我——还是我爸？"

"不是的，严之霖。我说了我没有在怀疑什么。"江棉摇头，"我不知道你知不知道，在叶雯雯住院的那段期间，除了医护人员外，她的病床前就没有出现过别的人。所以我只是想知道，她毁了容之后，跟你，还有跟严总的关系，是怎么样的？严总是不要她了吗？"

"当时毁容这件事闹得很大，我爸那阵子也因为跨国公司上市的事情变得非常忙，所以他只派人送了一张卡过去，本人没有亲自到场。卡里的具体数字我不清楚，但绝对足够她的医药费和后续的植皮整容手术费。"严之霖说，"没错，你也可以理解成分手费——仁至义尽了。毕竟对于我爸和叶雯雯来说，她没了脸，他们之间就失去所谓的维系了。"

"那你呢？"

话一出口，江棉就觉得这句话问得有些多余。如果严之霖也和叶雯雯就此打住的话，那么8月9号那天，叶雯雯也不会以严之霖放她鸽子的理由去莫寒清吧找人了。

"我？我在她的病房外看过她好几回，只不过都没有进去。"

"为什么？难道是因为你也介意她的……"

"不是。"严之霖笑了笑，"说出来你可能不信，其实我没觉得她毁容了，在我眼中，她和之前的叶雯雯没有什么差别——甚至第一次在窗外看到她纱布下的脸时，我还想到了一句古诗词。"

"什么？"江棉很好奇。

"云想衣裳花想容，春风拂槛露华浓。"

"既然如此，那你8月9号那天为什么要放她鸽子？你去干什么了？"

"江棉。"笑意凝在了严之霖的脸上，像是冬日里的霜，"这个问题，我可以拒绝回答吗？"

　　"好，那我们换一个。"江棉非常用力地吸了一口气，她告诉自己——赌一把，就赌这一把，说不定会成功的。

　　于是，她定定地看着严之霖："叶雯雯拿掉过一个孩子，是谁的？"

第十章

- 江棉和祁又生 -

宁莫寒站在吧台后，犹豫再三，最终还是伸出手，摸了一把身旁高脚凳上的灰。

妈的，这么厚一层。

于是，她在心里真情实意地哀号了一声——尽管她知道她不该这样。

按理来说，她和她的老伙计多日未见，在终于重逢的这一刻，她至少得笑出一些欣喜和感动的，要是再算上9号那天义无反顾的抛弃，那么，她的这个笑容里又还得加上一点虔诚的歉意。可这满手的灰尘和满室的萧条，都让她不得不将这些矫情的想法通通换算成清吧失去的营业额——天哪，有什么比让一个生意人赚不到钱更残忍的事情吗？

"哎，祁又生……"

宁莫寒一张嘴，就被灰尘呛得连打了好几个喷嚏——要死，她最讨厌打喷嚏或者打哈欠时的自己了，因为这种过度夸张的表情会让她平时精致得一丝不苟的五官变得十分扭曲，可作为一个普通人，她又实在没有办法抗拒这种生理反应，所以每当喷嚏和哈欠来临的时候，她都只能认命地暂时交出她的美丽，然后再接着讨厌上一秒的自己。

"那些警察就一直封着我的店？妈的，闭店这么久，亏都亏死了。"

"嗯，从 8 月 9 号一直到今天。"祁又生漫无目的地打量了一圈清吧，这地方其实他没有来过几回，"就算前后做了几次现场勘查，但按道理也的确不该封这么久。不过，作为清吧老板的你不在，也联系不上你的亲属，他们除了继续封着，好像也没有别的办法了。"

"我爸妈早就不管我了，我都联系不上他们怎么会联——喂，你这是在帮谁说话呢？"宁莫寒不乐意了，"怎么好像我还应该感谢他们帮我义务管了一下这个店子似的……"

末了，她从吧台后走出来，小心翼翼地绕过了那摊子血迹，尽管已经没有了那股令她头昏脑涨的味道，那堆晦暗不明的颜色也很难让人联想起它曾经的鲜红汹涌，但她依旧胆战心惊，也就是在这时，她才发现原来在那摊血迹的周围，还有一圈用白色线条勾勒出来的不规则图形，大概是那堆警察画的叶雯雯吧，电视里好像都是这么演的。

宁莫寒一愣，突然就有点悲从中来，她是真的在这一刻才反应过来，叶雯雯死了，哪怕她一直不怎么喜欢叶雯雯。

她站在原地，抬起眼睛望着祁又生，口气有些沮丧："死过人的店，怎么着都有点败风水吧，以后谁还敢来我这里喝酒啊！难道我以后要每晚办惊悚恐怖的主题派对才行吗？"

"宁莫寒。"祁又生知道宁莫寒的反射弧比一般人要长上很多倍，所以他坐了下来，这种固定性的动作能更直观地告诉她，这起杀人案还没有完，"其实相比于你开始策划新的营销方案，你应该更担心你的第二次讯问。"

"可是人的确不是我杀的呀，就算我一开始没把严之霖这条线索说出来，可人不是我杀的这件事没得跑呀。"宁莫寒看起来很无辜。

"而且……"她眨了眨眼睛，"你不是知道人不是我杀的嘛，你还去找了那个江棉——难道你真的只是为了去泡她？原来你喜欢那种类型的啊，难怪你对我不动心呢——不过，话又说回来，你怎么知道人不是我杀的？你压根就不认识叶雯雯吧？难道我跟你提起过？"

"没有。"

宁莫寒一愣，压根不知道祁又生这一声短促的没有，回答的是她的哪个疑问。

"我在电视上看见了叶雯雯的照片——"祁又生指了指那摊子血迹，"是警察赶到这里时拍到的第一张死者照片。她的左胸口插了一把水果刀，插得很深，大概是刀身的三分之二还有得多。换句话来说，就是杀她的人，力气很大。"接着，他看向仍旧一脸懵懂的宁莫寒，"你没有那么大的力气。我觉得，应该是个年轻男人。"

"年轻男人？难道是我出去接电话之后再出现在我店子里的人？那按照你这么说……"宁莫寒哑哑嘴，努力地跟上了祁又生的专业思维，"我是不是可以证明我的清白了？"

"不行。"祁又生很干脆，"因为这不是直接证据。就像你店子里那份不完整的视频资料没办法直接把你定义成凶手一样。其实严格来说，这只是一个细节或者疑点，压根还算不上一份证据。而且我能看得出来的问题，刑警队伍的专业法医也一定能看得出来，但好像他们并没有太过留意。大概是觉得女孩子在争吵推搡下力气变大，是一件很正常的事。"

"什么嘛。"宁莫寒噘着嘴，在她的世界观中，力气大这种事是属于男人，或者那些长得比较粗糙的女人的——总之，是跟她风马牛不相及的东西，"那你跟江棉提起过这件事没？"

"没有。"

"为什么？"宁莫寒瞪大了眼睛，"我觉得她人挺好的，说不定会信你刚刚说的话。"

"就算她相信也没有什么用。"祁又生停顿了一下，江棉晶亮的眸子在他眼前一闪而过，"因为我没有能说服法律相信我的证据和事实。你有没有杀人，是法律说了算。"

"那既然左一个不行，右一个没用——你就是故意去找人家江小姐吃饭的呗。"

"宁莫寒。"祁又生站了起来，脸上依旧一片沉寂，"祝你第二次讯问愉快。"

"喂喂喂，别呀，你是害羞了，还是心虚了？想泡妞这个不丢脸呀！"宁莫寒一边捂着嘴偷笑，一边小跑两步追上了已经走出清吧大门的祁又生，"你别真走啊，既然谈到了江棉，那我还有其他正事要跟你说。"

"三分钟。"祁又生退得离宁莫寒远了点。就算是多年的朋友，他也没办法做到亲近。

"你刚刚说你是在电视里看到叶雯雯那张照片的，所以，你之前，就是在她还活着的时候，你是不认识她的，对不对？"

祁又生点了点头——虽然他和叶雯雯认识的时候，她的脑部还没有死亡。但对于宁莫寒，或者是更多的大众来说，没有了呼吸和心跳的人，就算是死人。所以，他没有出声否认。

"那你为什么会知道她拿掉过一个孩子？"宁莫寒的表情非常认真，"我在她没毁容之前就认识她了，虽然不算太熟，但……但是总比你完全不认识要熟一点吧？我连半点风声都没有听到过的事情，你是怎么知道的？"

　　"宁莫寒。"他低头看着她，"原来那天晚上你没有喝醉？"

　　夜风很凉，祁又生将车子停在路边，只按下了一半的窗户。

　　果然是宁莫寒。在摊贩老板布置出来的简陋场地里，她依旧笑得风情万种。

　　在确认了那条信息真的出自宁莫寒之手后，祁又生却没有打算立马下车，因为她的对面还坐了一个人，应该就是她在信息里所提到的朋友。

　　但从他的角度看过去，他只能看到一个绑起来的马尾和一个单薄却挺得笔直的脊背。他盯着看了一秒钟之后，非常迅速地收回了目光。

　　摊子的生意很好，人头攒动，座无虚席，就算隔着一整条马路的距离，他也能很清楚地听见那些此起彼伏，仿佛在今夜都不会停下的点单声。

　　他想，这其实也没什么特别的。

　　晚上九点半之后的天色总是这么黑，这条夜宵街上的路灯总是瓦数不够，角落里那一字排开的小气灶吐出来的火焰也总是那几个颜色，但祁又生知道，就算这地方普通到再平庸，他也必须承认，人多的地方，才有人间的味道——那种闹哄哄的、世俗又轻快的人间烟火味。

　　所以，他才要收回目光。

因为他能坦然自若地承认眼前这片随处可见的氛围让他感到陌生，却有点不能接受自己在一秒之内就认出江棉——按道理，才见过三次面的她不应该融进这片氛围里的，她不该带来眼下这一阵对比的。这打破了他的平衡。

但江棉没有却想那么多，当祁又生出现在眼前的那一刻，她的开心非常诚挚。

因为她没有想到看起来那么瘦的宁莫寒醉了之后居然会变得这么沉，所以她费了好大的力气，才搀着已经站不稳但依旧兴奋得手舞足蹈的宁莫寒离开了摊子。

上天保佑，江棉在心中祈祷，等会儿过马路的时候一定要少些车。然后，她一抬眼，就看见了三步开外的祁又生。

她非常惊喜地喊了一声他的名字——没错，是惊喜。

当这个形容词在江棉大脑中反应过来的时候，她也有些愣住了。毕竟对于她来说，人生中的惊，总是多过喜。

"不好意思，我不知道她这么不能喝。"江棉也不知道她在对谁道歉。

总之，在祁又生打开后座的车门时，她才后知后觉，他的突然出现其实跟自己刚刚那番祈祷没有任何关系，他会来，不过是因为宁莫寒在清醒的时候给他发了条信息——所以那份绽在空气中，到现在为止还非常新鲜的惊喜，未免也有些太胡来了。

　　江棉突然就有些沮丧，但她还是在笑。

　　祁又生也是后来才发现的，往往在江棉感到低沉或是心情不好的时候，她反倒比平时更容易笑一些。

　　"不好意思啊！"这句不好意思，算江棉说给自己听的。

　　宁莫寒一沾到座位，整个人就柔若无骨似的瘫软了下去。还好一整排后座都很空，她才能在顺利地倒下之后打出一个满足的酒嗝。亚麻色的长卷发凌乱地盖住了她有些发红的脸，大概是躺着也不怎么舒服，祁又生听见她十分不耐烦地呼出了一口气。

　　"不行，宁莫寒，你这样不行。"江棉的反应比祁又生更快，她将宁莫寒慢慢扶正，声音也变得温柔缓慢起来，"你必须坐起来，因为我们等会儿就要坐车了——坐车你知道吧？你要是躺着的话，胃会更不舒服的，吐起来可丑了，你一定介意这个吧？"

　　"啊……头痛……"宁莫寒这时候才有了一点意识的样子，她用了很大的力气，才在眼前的这两张脸中分清楚谁是谁，接着她咻咻地笑了一下，"祁又生你看……这个江棉多好呀，人很好的，不仅不介意你那个变态的工作，还不让我坐牢……她多好呀！"

　　祁又生仍旧维持着开门的姿势没有动。

　　他知道宁莫寒酒量差，但她的酒品并不差，换句话来说，就算她喝醉了，她也不会信口开河地去说一些很离谱的话，所以——江棉已经知道了？

祁又生看着那个因为安抚着宁莫寒而在空气中晃来晃去的马尾，一时间不知道该说些什么。

反倒是江棉将头转了过来，率先打破了这场不算沉默的沉默。

"你一定很好奇为什么我这么会哄醉酒的人吧？"她笑了笑，车内亮着的橙色灯光将她的大半边脸浸湿了。

"因为我妈，我妈总在我爸忌日那天喝得烂醉——不过，你别误会，我妈是个很漂亮很有气质的艺术家，她只在那一天那么放纵的，而且确切地说，她是在我长大之后才开始这么做的。可我觉得就算这样，对她来说，也还是太不公平了。她为了我，十几年来都不能做自己，十几年——多么久的日子啊！"

"江棉。"祁又生喊了她一声，他知道，她在过渡，她在用她自己的方式过渡掉刚才宁莫寒所说的那番话，因为她怕他因此尴尬或者窘迫，所以她选了一种最为有效，但同时也最为伤己的方式来做这场过渡的支撑点——她把她自己的伤口晾了出来。

他也知道，这跟粗糙赤裸的比惨不同，这是一种所谓的"交换"。

没有什么比这样的交换更让人觉得舒服和平等的了——但是江棉，祁又生在心里又轻轻地重复了一遍她的名字，他沉沉地看着她，他其实很想告诉她，她这么做，他有些于心不忍。

"不是故意要瞒着你。"最终，祁又生还是选择将话题引导至最表面的意思，他替她拉开副驾驶的门，"只是每个行业都有些不成文的规矩。不主动告知，就是入殓师的规矩之一。"

"不管是哪个我，都相信你上次说的那些话了。"

"什么？"祁又生下意识回答的时候，他们正好撞上第一个红灯。于是趁着这个短暂的空当，他侧头看了眼身旁的江棉。她虽然很瘦，但侧脸柔和，眼睛在黑暗中更显晶亮。

"你说宁莫寒没有杀人。"江棉的手在暗处悄悄地握紧了，她告诉自己，其实说实话并不难，"或者说一开始我也觉得宁莫寒不像凶手，我有这种直觉……"她顿了顿，然后有些不好意思地笑了，"很奇怪吧，作为一个警察，居然跟公民说这种没头脑的话，真是一点公信力都没有，但我真的就是这么觉得的。其实，在上次吃饭的时候，我还希望你给我一点实质性的线索来佐证一下，结果……总之，通过这次讯问，我的直觉更强烈了，宁莫寒没有杀人。"

"讯问这么顺利？"祁又生有点意外，"她是照着稿子念都能出错的人，哪怕稿子上还标注了拼音。"

"可她的镜头感很好。"江棉笑了笑，在车子重新擦着夜风跑起来的时候，她看向他，"不过，你们真的是玩了很多年的朋友吗？你在背后这么损她，说不定她醒了之后……"

"我没有在背后损她。"祁又生没什么表情地扫了一眼后视镜，"我这是当面说的。"

"祁又生，就是……"江棉的口气带了些试探，因为她也不确定自己和祁又生有没有熟到可以开玩笑的地步，"有没有人说过，其实你有点幽默？"

"幽默？"祁又生反应很快，"你是在指我上面那句话很好笑吗？"

"难道不好笑吗？"江棉歪着头，"就是那种需要找到点才觉得好笑的冷笑话。"

"没有。"这时的祁又生才很浅地笑了一下，江棉认真解释的样子让他很难想象她穿着警服审讯宁莫寒的场景，"干我们这行的，不到万不得已的情况下，是连一句'你好'都听不到的——至于你幽不幽默这种话，算朋友间的对话了吧？"

"对不起。"江棉本能地一愣，还想要继续说些什么的时候被祁又生干脆地打断了。

"接下来往哪儿走？"他这么问。

然后，江棉才扭头看向窗外——原来在不知不觉间，她已经看了他这么久。

"这个巷子口……"江棉声音很轻，车窗缓缓降下之后她看到了一条她非常熟悉的街。

"开车的人，总是会下意识地记路。"

江棉缓缓地笑了出来。

真奇怪，她在心里想，怎么自己话还没问完，祁又生就已经抢答成功了——你知不知道你这样放在节目里是犯规的。大概是感受到了"家"的氛围，她就这样放松了起来。

"你看到那个轮胎店了吗？从那里拐过去，直走两条街，然后再右转弯一下，看到一个比现在更窄的巷子口就可以放我下来了，穿过它就到我家楼下了，你开进去反而耗时间。"

"我去你妈的！"

宁莫寒突如其来的声音让江棉吓了一跳。

"宁莫寒？"江棉反过身，"你是不是醒了？你现在难不难……"

"她没醒。"也许是这条街的路灯太过昏暗，安全起见，祁又生明显放慢了车速，"她醉了之后就是这样的。除了这句，应该还有一句'我他妈给你脸了'。"

果不其然，在祁又生说完之后，宁莫寒又哼哼了一句，不过这句的杀伤力和魄力都大打折扣，江棉只能隐隐约约地听出她说了一个"脸"字。

"果然那些资料上说得没错。"江棉又反过身看了一眼沉睡中的宁莫寒，然后心满意足地叹了口气，"脾气暴躁，有点自我，说话属于'满嘴跑火车'的类型——我一开始真的没有想到，她竟然真的敢在讯问的时候跟我们说谎话。我发誓我们副队长也没有看出来。"

"她说了谎话？"祁又生将车停在了江棉刚刚指示的地方，熄了火，却没有将车门解锁，"我以为你相信她没有杀人，跟今天的讯问有很大的关系。"

"有，但是关系没那么大。"江棉的手轻轻地落在了安全带上，接着，她认真地看向了祁又生，正巧祁又生也将头转了过来，"跟案子紧密相关的一些事情和线索我不能跟你说——你就当作现在的我和上次的你一样，有些'不方便'好了。"

她笑着："首先是因为我朋友追过宁莫寒，所以我下意识地觉得宁莫寒不会杀人——我不知道你能不能理解我的感受——就是那种你觉得你身边的人肯定都是好人的感觉。"

"我知道你指的是什么。"祁又生说，"大概能类比于你觉得那些很可怕的自然灾难，或者是很惨烈的社会事件，都只发生在电视里一样。"

"对，没错。"江棉的眼睛更亮了，不得不承认，一下子与人找到共鸣的感觉，让她有那么一点点兴奋，"虽然因为职业关系，我接触过很多比莫寒清吧更可怕的杀人案，但是那些都仅限于我'接触'到的而已——那是别人的世界，是我不认识不熟悉的那些人的世界里发生的事情。所以，对于我来说，我还是觉得我的身边，不会有这种人，也不会有这种事。"

"然后呢？"

"然后就是你的出现。"江棉顿了顿，"虽然你到现在也没有告诉我为什么你觉得宁莫寒没有杀人，但光凭着那天你特意等我下班，又默默地跟了那么久的公交车，还有最后你勉强自己跟我上了同一个饭桌这几件事情，我就觉得你是认真的。其实我当时已经有些相信你的话了，但不过不知道是我自己本来就有这个直觉，还是你莫名地给了我一种你很能被信任的感觉。"

讲到这里，江棉有些不好意思了："你知道，信任这种事本来就跟玄学差不多，而且当自己莫名其妙的直觉加上对外界的信任时，任它再怎么莫名其妙，也变得有些道理了。"

"接着就到了今天的讯问。"江棉从后视镜里深深地看了宁莫寒一眼，"她在上午接受讯问的时候其实非常配合，不管问什么，她都没有任何抵触或者反感的情绪。用我们副队长的话来说，就是这个犯罪嫌疑人很听话。她上午十点半不到就离开了问话室，但是在公安局门口等我等到了晚上八点，差不多十个小时。她等了我十个小时，就为了告诉我她上午撒了谎。"

祁又生只听，没有再插话。

因为他知道他除了问一些"接下来呢""然后呢"这种没有实质性意义的话之外，就没有别的话可接应了。最要紧的是，他还知道，就算他不开口，江棉该说的，也还是会说。

所以他只是静静地看着她。起初他习惯性地，或者是下意识地在听人说话时，看向对方的眼睛，但时间一久，他的眼神就从江棉的眼睛移到了她的嘴唇——她没有擦口红或者唇膏之类的东西，于是那层极浅的唇纹就随着她此时说话的动作而变得生动起来，像是荡漾开来的水波纹——其实祁又生拿捏不好这个比喻。最后，他还看到了江棉的嘴唇边上有一圈细小的绒毛，于是他依稀记起来，这种绒毛在他们小时候被称作"胡子"。

　　"说出来你可能都不信。"

　　祁又生的眼神，又重新回到了江棉的眼睛上。

　　"相对于吃惊宁莫寒有胆子撒谎，其实我更惊讶的是我和副队长都没有发现她撒谎了，所以当她告诉我的那一刻，我有点慌张——这是多大的问题呀，不论是嫌疑人的恶劣态度，还是工作人员的双双失误——但我后来发现，这个失误，好像没有我想的那么可怕。"

　　她看着祁又生，继续说道："我们没有发现宁莫寒在撒谎，是因为她的表情和眼神都非常自然。嫌疑人，不，哪怕是特别老奸巨猾的惯犯在接受讯问的时候都很难做到这么自然的，甚至有的人一进问话室就连话都说不清了，更别说对着两个警察和摄像头撒谎了。但是宁莫寒就做到了，她自然到——"江棉想了一会儿，最终想到了那个名词，"底气。她非常有底气。"

　　"光凭这个？"祁又生将冷气的温度调高了一点。

　　"当然不止。"江棉毫无保留地对着祁又生笑了一下，她觉得经过这番谈话，她和祁又生的关系，应该可以升华到可以开玩笑的地步了，"我看过《倚天屠龙记》的，殷素素告诉张无忌，越是漂亮的女人越是会撒谎。"

　　"她要是听到你这么夸她，一定会跳起来拉着你再喝一杯。"

"她是好人。"江棉突然非常认真,"她撒谎是为了我那个之前追她的朋友,因为她觉得我朋友是无辜的,所以她不想把他牵扯进来——这事做起来可没有看起来那么容易。但她还是这么做了。虽然她后来还是将实话告诉了我,可是我相信,在她决定隐瞒的那一刻,心里一定是想过要独自承受起所有不利于她自己的后果的,而且她也的确这么做了……"

"江棉。"祁又生接过了话,"宁莫寒这么做,可能只是因为她是个法盲。"

"喂,祁又生你——"江棉小小地拉长了声音,然后她听见自己的声音在这个狭小的空间内撞击出了一阵轻盈的愉悦,"你的冷笑话又来了是不是——有你这么说自己好朋友的吗?"

"我是认真的。"

江棉发誓,她这是头一次在祁又生那张清冷的脸上,看到类似无辜和无奈之类的表情。

"我也是认真的。"江棉不服输似的咬了咬自己的下嘴唇,"宁莫寒是好人。"

光凭着她不顾这个世界世俗的看法也要和你成为朋友这件事,我就笃定她是一个好人——当然,这句话江棉没有说出口,因为当它们成字成句出现在脑海里的时候,她自己都被吓了一跳。

"我知道,你上次和我说的那些话里有一句'不是好人就永远拿不起砍刀'，这句话是对的，但是……"江棉像是下定了决心似的才将之后的话说出口，"好人一旦拿起了砍刀之后，就再也不是好人了吗？你也说过，这个世界非黑即白，没有那么简单和绝对的东西。好人也可能因为一些事情而不得已的要去做一些坏事，但是我觉得他们仍旧是好人——而且法律惩罚的是他们做的事情，并不是他们本身。法律只是需要一个有血有肉的载体来让它的惩罚能得以实施——就算受了惩罚，在我心中，他们也还是好人，这不影响的，或者说，我相信这个世界上的人都是好人，没有那么坏的——所以，我相信宁莫寒是好人，她没有杀人。"

突然，江棉就觉得有点泄气，她闭着眼睛，整个人都往椅背上靠了过去。

"其实我不知道你有没有听懂我在说什么，我自己也觉得乱七八糟的。"她的声音变得很虚弱，嘴角却依然带着笑意，"你一定是第一次看到我这么糟糕的警察吧？我妈之前一直不愿意让我报警校，她说我不该干这个，不适合……现在看来，好像是这么回事，哪有警察会像我一样呢？"

"我听懂了。"祁又生这时才发现江棉的睫毛很密，"你也已经很好了。"

"我又不是小孩子，哪还需要这种安慰呀！"

"我还有一件事要告诉你。"

"关于案子的？"江棉瞬间睁开了眼睛。

"你看——你适合干警察。"

"谢谢。"江棉一愣，她突然觉得，祁又生这个人，或许也没有看起来那么清冷。

"叶雯雯有过一个孩子，她拿掉了。"

"孩子？这是什么时候的事？"江棉一时间有点反应不过来，"我们看过她的尸检报告，不在妊娠期内的，难道是之前？那个孩子跟案子有关系吗？孩子的爸爸又是——"然后她停了下来，眼睛直直地看着祁又生，"可你是……怎么知道的？"

"江棉，如果我说……"祁又生没有任何躲闪地对上了江棉的眼神，"是叶雯雯自己告诉我的。包括我之前说的宁莫寒不是凶手这件事，也是叶雯雯自己告诉我的——你信吗？"

"信啊。"这次江棉没有犹豫，"我不是说了嘛，信任是一门玄学，你莫名的就给我一种可以信任的感觉——所以，哪怕你说的不太合逻辑，但我还是信。警察是不能出尔反尔的。"

"我的老天，你以为我那天晚上愿意半途醒来呀！"宁莫寒站在路边，夸张地朝着祁又生翻白眼，"实在是你们的对话太酸了好嘛！然后本小姐就被迫给酸醒了。拜托，我可是忍着头痛和恶心一声没吭地给你们创造了绝佳的氛围，怎么你现在好像还来质问我偷听你们聊天似的，喂，你有没有搞错？不过……"宁莫寒顿了顿，脸上的表情也变得正经起来，"那些事真的是叶雯雯自己——就是她自己，告诉你的？"

"你信吗？"

"当然不信！信了才有鬼！"宁莫寒瞪大了眼睛，"她死都死了，怎么告诉你这些事？难不成是托梦？但是托梦这种东西完全不可信吧，我外婆死的时候也给我托梦了，结果……"

"你手机亮了。"

"嗯？"宁莫寒这时候才反应过来自己一直抓着手机，"亮就亮了呗，我这是新买的，不是通讯商催我交话费，就是本地新闻台告诉我今天又发生了什么我完全不关心的屁事。"

话虽这么说，宁莫寒也还是点进了收信箱。

"你看，果然，什么本市正盛集团法人代表严某涉嫌非国家工作人员受贿罪，现已被……"

"等等。"宁莫寒的脸唰地就白了，她看着祁又生，有那么点怏然。

"这个集团好像是严之霖他们家的，我听叶雯雯说过。严之霖，你知道是谁吗？就是江棉那晚跟你说的她朋友，我讯问的时候刻意没提他。那这个被逮了的严某，难道是他爸？这……喜欢他的人死了，他老子又被抓了，有点惨啊……不过，真的会有这么巧的事吗？"

第十一章
- 叶雯雯 -

江棉坐在办公室里，觉得整块天花板都在嗡嗡作响。

"江棉姐，你听听……"杨禾风很认真地指了指头顶，"你说他们经侦队的人会不会把地给踏碎了，然后直接掉到我们办公桌上来？"

"那你个小崽子肯定希望掉下来的是刘茜。"可乐摇晃着茶杯推开了门，不怀好意地盯着窘迫的杨禾风，"嘿，别装。我昨天在食堂都看见了，你明明最爱吃糖醋排骨，可就剩最后一份了，你都没抢着打，特意留给了人家茜茜公主……"

"不……不是的，可乐姐。"杨禾风急了，"我……"

"你怎么不干脆去做个八卦记者？"陶兮楚也跟着进来了。

"喂，陶兮楚，你这话什么意思？"可乐义正词严，"我可是要为了国家和人民的安康坚决与犯罪分子斗争的女人，你必须把我想得高尚点。"

"懒得跟你争。"陶兮楚无奈地将警帽端正戴好，手在半空中点了几下，"你们几个整理一下，十分钟后大坪里集合，有出警行动。"

"什么事啊，楚楚姐……"杨禾风刚刚一直想着该怎么解释糖醋排骨这件事才好，一回神才发现陶兮楚早就不见了，所以，他只好把求知的目光投向了看起来格外轻松的可乐，"可乐姐，又发生什么事了？"

"我说你能不能去掉那个'姐'字？整天这么喊，显得我多老似的。"可乐笑着骂他，"五分钟前，建新路的金店遭人抢了，老板打电话报了案。"

"金店抢劫？"江棉已经站了起来，眉头也不自觉地拧到了一块，"情况严重吗？"

"不严重，要真严重的话——我们英明无比的陶副队难道就带你们这几个人过去？"

"可乐姐。"杨禾风严肃地下结论，"你这是瞧不起我们。"

"哪有？"可乐夸张地摆手，"是真的不严重好嘛——几个没什么经验的小毛贼偷到一半被发现了，狗急跳墙似的砸了玻璃就跑，哦，当然，他们还是不忘本地顺走了一些金器。再说了——"

可乐的语调里有了些微妙的转变，"就算是偷了整个金器店又怎么样？难道现在我们市里还有比正盛集团的严总受贿这件事更严重的？"

"为什么？"杨禾风看起来很困惑，"不就一个非国家工作人员受贿案吗？有这么严重吗？还是因为他收了很多很多钱？昨天我听刘茜说他们队的人都忙得快疯了……"

"嘿！被我抓到了吧？"可乐促狭地朝着江棉挤了挤眼睛，"瞧吧，咱们刑警要跟经侦联姻了，也不知道这算不算传说中的办公室恋情——还是说，办公楼恋情？"

"好了，可乐。"江棉看了眼又重新窘在了原地的杨禾风，"你再笑，当心他明天要你自个儿下去买可乐。"

"别别别，千万使不得。"可乐立马收敛了，"至于严总那事嘛，也不是因为他拿了多少钱——虽然涉案的金额的确蛮多的，但就算只有那么几万，也挺难办的。"

"为什么？"这回轮到江棉困惑了，"数额不到巨大或者特别巨大的话……"

"哎哟，我的江小姐，你这真是捧着圣贤书不知人间事。"可乐指着窗外不远处正在修建中的一栋楼，叹了口气，"看见没？那就是正盛集团，或者说是严总去年给我们投资的——现在你们知道严重性在哪里了吧？"

就在江棉一行人从电梯里出来准备去集合的时候，她口袋里的手机振动了起来。

是季野。

这让江棉有点奇怪，因为季野从来不会在正儿八经的上班时间里联系她，难道是出了什么事？

于是，江棉下意识地拉开了与队列的距离，将电话接了起来。

"江棉。"电话那头的季野甚至没有给江棉说一声"喂"的时间，"你知道严伯伯的事情了吧？"

"当然。"江棉点了点头，点完了才发现季野根本看不到，"严伯伯的事局里面很重视，经侦队连着加了好几天的班，大家都没怎么休息。"

"这是不是很严重的意思？"

江棉猜，季野肯定不知道他现在的口气有些小心翼翼。

江棉本来想说这事不严重，毕竟非国家工作人员受贿罪压根就算不上一个要命的重罪，可就在她准备安慰季野的时候，她却突然想起了五分钟前可乐站在窗户边指给她看的那栋楼——很高，还没有做到打混凝土的那一步，一些基础钢筋光秃秃的，却错落有致地直指天空。所以，她攥着手机顿了好一会儿才开口："我也不知道。"

"完了。"季野像是往墙上砸了一拳，江棉听到一声闷响。

"季野，你不要……"

"我去问过我爸了，他不肯帮严伯伯。"

"不是不肯帮，是没办法帮。"江棉看到杨禾风在朝她挥手了，她得快点归队，"季叔叔怎么说也得避嫌的。"

"扯什么官方话。"季野愤愤不平，"就是不讲义气。"

"还有呢？"江棉听得出来，季野破例打电话给她，绝对不会只有严伯伯这一件事。

"还有严之霖。"季野长长地吐了一口气，接着又提起来，"他这几天不正常。"

"不正常？"

"嗯，可是我要怎么跟你形容呢？就是他正常到有些太不正常了。"季野皱着眉，将自己整个人都摔进了真皮沙发里，"严伯伯出事快三天了，他什么反应都没有，问都没问一句，该吃吃该喝喝，剩下的时间就都跟着他几个小叔叔在公司处理事情，不是在开会，就是在电脑上写文件——江棉，你知道这感觉有多奇怪吗？就像他一点都不在乎严伯伯这个人之后会怎么样似的，他只想着怎么给正盛度过危机，然后……"

"然后掌权。"江棉知道，这种在此时看起来过于锋利的贬义词，季野没办法往严之霖身上套——哪怕他想说的就是这个。

"季野。"江棉的声音很轻，却很坚定，"你在严之霖边上对不对？把电话给他。"

"你早就知道了，是不是？"江棉开门见山。

电话那边静了很久，大概有两分钟——不是大概，就是有两分钟，江棉数了秒的。

"是。"严之霖的声音听起来有些涩。

江棉深深地吸了一口气，她感觉到她脑中有一道很明显的白光一闪而过。眩晕的那几秒里，她知道了，马上就有东西出来了，而那些东西，可以串成一条完完整整的线索。

"叶雯雯也知道的，是不是？"

"是。"这次严之霖回答得很快。

"那叶雯雯是不是因为知道了这件事，才被毁容，甚至才被杀害的，是不是？"

"江棉。"她听见严之霖很轻地笑了，"如果我说是，那算不算帮我爸自首？那我又算不算是杀死叶雯雯的帮凶？"

江棉也忘了自己是怎么一口气跑到六楼的经侦队的——是的，她甚至连电梯都忘了坐。

"棉棉？"刑警总队大队长张科有些错愕地望着突然出现在眼前的江棉，"你们二队不是出警了吗？我刚还看到你们的车停在坪里。"

"我……"

江棉这时才感受到过速奔跑所带来的后遗症——一种类似渴的生理反应，但她知道她其实一点也不渴，她只是没有办法将喉头那股腥甜味自然地吞咽下去。

她微微喘着气，一边控制着胸膛的起伏，一边将身体里被风搅乱的五脏六腑慢慢归位。

"我向陶副队请了假。"

"那你来经侦干什么？"张科有点困惑，但立马了然，"我知道了，你是为了正盛集团的事情来的吧？"

江棉点了点头。

"棉棉。"张科笑了一下，"我知道你和严家小子是朋友，所以你担心严正立也在情理之中，但是什么该做，什么不该做，你得弄清楚。经侦的人马上就要去看守所讯问严正立了，之后的几天里也安排了律师会见，所以如果你要去见你严伯伯的话，得缓……"

"不是的，张队。"江棉认真地看着张科，"我不是作为一个普通的亲朋好友要去探望严伯伯，我是作为莫寒清吧故意杀人案的负责刑警——去讯问新的犯罪嫌疑人，严正立。"

严正立在目送完两名经侦干警后，有些意外地看到门又被推开了。

"现在讯问嫌疑人，警察还得分两拨来？"

严正立半眯着眼，由于正对着阳光，他有些看不清来者的脸。

"严总这是在质疑我们国家警察的办事能力？"张科笑着将椅子拉开，却不急着坐下。

"哪里敢？"严正立也跟着笑了，"本来打算入秋了请你们几个大队长去钓鱼，真的可惜了。"他实打实地叹了口气，却莫名地让人觉得他其实很满意现状，"我运气这么不好。"

"怎么样？里头有没有欺负你？"张科点燃了一支烟，从玻璃下方的小洞中给递了过去，"抽支烟，我们慢慢聊。"

"我以我党员的身份发誓，该交代的我都交代完了。"

严正立深深地吸了一口烟，在尼古丁接连钻进肺里的那瞬间，他才发现原来那个一直跟在张科身后，被帽檐盖住了大部分脸的女警察，是江棉。

"严伯……"江棉顿了顿，用了一点力气才将第二个伯字给吞回去，"我们来找你，不是为了受贿这件事。"

"那你们是专程过来探望我的？"严正立很娴熟地将烟灰弹到了地上，那只被铐住了的右手丝毫没有影响到他的动作，接着他抬起眼睛，对江棉很和蔼地笑了一下，"我只听季野说过你毕业后考进了公安局，没想到第一次见你穿警服，竟然是在这种情况下。"

"人生世事难料，你得设想无数种可能。"张科难得地幽默了一回。

"比如呢？"严正立的烟抽完了，他的舌尖后知后觉地有些发涩。

江棉从包里拿出一摞资料，那些新旧不一，还带着些许油墨香的 A4 纸莫名地就给了她一点力量——至少对于她来说，去质问，或者去审判一个她所尊敬的长辈，是一件非常困难的事情。

"我们来找你，是为了今年 8 月 9 号的莫寒清吧杀人案，以及去年 6 月 27 号的友和商场毁容案。"

严正立的眼神很微妙地闪烁了一下，但很快恢复如常。

"为什么要将这两起案子连在一块来问你，是因为这两起案子的受害者为同一人，同时，她也是与你维持了近两年不正当关系的情妇——叶雯雯。"

江棉不得不承认，在错综复杂的案子和即将呼之欲出的实情面前，她的心跳加快了。

"接下来是我按照资料和证据所整理出来的大概案情走向，当然，里面也夹杂了一些我的猜测，如果哪里有疑问或者不对的地方，你随时异议。相应地，我也会随时向你提问。"

"好。"严正立点头。

"那先说毁容，还是杀人？"张科笑着问，"你来决定。"

"当然是毁容。"严正立像是在处理文件遇到难题时习惯性地皱了下眉头，"先来后到，这是老祖宗留下的规矩。"

"你在非国家工作人员受贿罪一案中承认了你受贿的开端在 2009 年，也就是七年前。"

"对。"

"叶雯雯是不是知道这件事？我的意思是，她在被硫酸毁容之前，是不是就已经知道了这件事？"

"孩子。"严正立很宽容地笑了笑，"你别觉得过意不去。有什么你直接说，直接问。"

"叶雯雯是什么时候知道这件事的？"江棉换了一种更为笃定的问法。

"大概是去年年初，她放寒假没有回家过年，跟着我在外面应酬的时候知道的。"

"所以，这就是你指使人朝她泼硫酸，甚至是杀人灭口的犯罪动机？"

"说是也是，说不是也不是。你这么归纳，太笼统了。"严正立看着江棉，"知道我受贿，或者说，知道我有一些不正常收入的人，不止叶雯雯一个。包括我之前的那些情妇，知道的也不少。我这么对她，很大一部分原因是因为她太不听话了。"

"严正立，"张科敲了敲桌子，"你这大男子主义得改改了。"

"她和我以前的那些情妇不同。其他人知道这件事之后，大部分选择了沉默，也有几个觉得有些害怕，不过，她们都没有什么表示。你们知道的，当大家都心照不宣地瞒着一件事，或者说漠视一件事的时候，这件事，就可以像真的没发生过一样。但是叶雯雯，她很兴奋。"

"兴奋？"这个形容词出乎张科的意料。

"对，兴奋。我也是想了很久才想出这么贴切的一个词。"严正立笑了笑，"那个寒假她开口找我要钱的次数变多了，在此之前，她连一支口红都没问我要过，都是我给多少，她花多少。不过，要钱这点倒无所谓，她还小，本来就是花钱的年纪。可没过多久，我就发现了她并不是真的要买什么东西，她只是拿着她知道了我受贿这件事在威胁我——而且越来越明显，以至于她的眼睛里无时无刻不在传递着一种'我知道了你的软肋，所以你必须来买单'的讯息。这就过分了不是？我买的是她的美丽和年轻，并不是她扬扬得意的气势。"

"所以你就因为咽不下这口气，才指使那个倒霉的民工去泼叶雯雯硫酸？"张科问。

"你们做警察的是一定要把所有想法都限定得这么死吗？"严正立说，"我只是想给她一个警告罢了，告诉她，一个贪得无厌，又不交付一点真心给我的女孩子，是不配这么朝我撒野的。只是我没有想到那个民工的准头会那么好，前一天晚上我还担心他会临阵脱逃。"

"不交付一点真心给你？"张科皱着眉头，"你的意思是，叶雯雯爱着别人？那存不存在她再用你的钱去养个小白脸？这其中会不会……"

"我们过的是日子，不是韩剧。你见过哪个女孩子会真的爱上年纪一大把的半百老头？"

"韩剧里的女孩子才容易爱上这种男人吧，我侄女前阵子看的一个韩剧就……"张科咂咂嘴，及时地收住了话题，"算了，小年轻的世界反正我们是跟不上了。我问你，你真的不知道叶雯雯爱的是谁？"

严正立沉默了。

在一片寂静中，江棉攥紧了手中的笔杆子。

"我不知道。"

江棉呼吸一滞，她猛地抬起头，正巧撞上了严正立别有深意的眼神。

"我每天要忙的事情很多，没有什么时间谈情爱。再说了，我也不在乎。"严正立微笑。

"这样就说得通了。"江棉稳住心神，继续开口，"叶雯雯知道了你受贿的事情之后，并以此做出了一些你不喜欢的行为，所以你想给她一个警告——这些就是你主使毁容案的动机。其实这起案子回头看的时候能发现很多纰漏，不过因为当时 7 月中旬的公安厅检查，所以它很快地就走完了侦查流程——你是不是看中了这个时机，才打算出手的？"

"当然。我做了那么多年生意，从来不打没有准备的仗。"严正立看起来很轻松，"我了解叶雯雯。她特别偏爱的香水牌子正好在 6 月 25 号会上一款新的香水，所以在 6 月 25 号和 26 号这两天里，我一边带着她去露营，一边派人将它买断了货——当然，除了友和商场的。所以，在她打了一圈专柜电话之后，我知道她一回市里就会去友和。"

"严正立，你比我想象的恶劣很多。"张科摊手，"我记得去年你是我们市里的杰出慈善企业家，颁奖典礼结束之后，你还自费带着一群后辈去山庙拜了佛。"

"我也记得。但这是两码事。"

"当然，我只是惊叹一下你的另一面。"张科笑了，"既然你已经警告过叶雯雯了，为什么又要置她于死地？"

"我说过，她是一个贪得无厌的人。她在医院的那段时间，我正好有一个和外资合作的公司要上市，所以我很忙，但是出于——人道主义，本来想说一日夫妻百日恩的，但她不配。"说到这里，严正立轻轻地皱起了眉头，"我给了她一张卡，还是老样子，直接用了她的名字，里面钱不多，但也绝对不少。但她依旧不知足，甚至在她出院的时候她还给我打了一个电话。她说，我毁了她这辈子最宝贵的东西，我必须以我的全部身家去赔偿她。"

"她知道是你干的……"张科一愣，"可她竟然不报警？"

"这不一样。她比你们想象中有脑子得多——当然，我不是在说她报警了就没脑子。因为她知道她不是我的对手。先不说她能不能成功地把罪名推到我身上，就算我最后锒铛入狱，她也只能拿到法院判给她的那部分，其他的，她边儿都摸不着。她觉得不值得，所以她宁愿忍气吞声地跟我私下纠缠。"

"虽然我们最后无法找到叶雯雯的手机，但是我们查到了她的手机一直被某个人，或者某台机器监视着。"江棉看着严正立，"是不是你？"

"是我。"严正立点头承认，"但叶雯雯公寓里的那些微型摄像头不是我安装的，那些都是她自己弄的，大概是怕我杀人灭口，然后伪造出她自杀的现场。"

"看来现在的年轻人不仅喜欢看韩剧，还喜欢看美剧。"张科半开玩笑半认真地总结。

"那你为什么会选择莫寒清吧？你之前与宁莫寒有过节吗？不然你为什么要陷害她？"江棉提了一口气，"而且，你又是怎么知道叶雯雯在8月9号下午就一定会去莫寒清吧的？"

"这个故事就很长了。"严正立动了动手指头，示意张科再给他一支烟。

"我刚刚提到了，叶雯雯在医院的时候我没有去看过，只要手下的人去送了一张卡，但不太巧的是，送卡这件事，被我儿子知道了。"

"你儿子？"张科下意识地看了一眼江棉。

"我儿子念大学时就已经开始在正盛实习，那笔钱，正好是他所管理的部门的流动资金。因为有些急，所以资金出账时没有按照平常的流程走，也没有人和他说明那笔钱的去向。他很像我，所以他一定会在暗地里搞清楚这件事。"

"然后呢？"张科接着问。

"然后不知道是他自己发现了这件事，还是叶雯雯告诉了他这件事，总之，有一天晚上他以一种非常奇怪，甚至是陌生的眼神望着我，他跟我说，因为他迟早要从我这里继承所有家产，所以为了让我不太亏本，他愿意现在替我还一些债。"

"什么意思？父债子还——觉得你做了坏事，所以他帮你弥补叶雯雯？"

"差不多。"严正立笑了，"从我监视叶雯雯手机得到的讯息来看，她大概是把我儿子当成了一个可倾诉的朋友。她毁容之前就没有什么同龄朋友，更别说之后了。

"那你确定仅仅只是朋友？我记得令公子可是一表人才……"

张科的发问，让江棉不断记录对话的手，蓦然停了下来。

"他那段时间在追莫寒清吧的老板，也就是你们之前的嫌疑人，宁莫寒。我儿子好像很喜欢她，但她配不上我儿子，所以我干脆一石二鸟，选了她来替罪。"

"宁莫寒在接受我们讯问的时候，我们发现在家政人员这点上有出入，因为她说她一直在等家政过来打扫卫生，可家政那边却说宁莫寒取消了服务。"江棉静静地看着严正立，"起初我和陈副队都以为是宁莫寒的话里有问题，但现在看来，不是这么回事。

她常预约的家政公司隶属正盛，所以随便一个主管都可以用电脑查到宁莫寒的账户消息，再登录取消。"

"对。"严正立点头，"我还记得她的密码是 wqnmd123。我猜前五个字母的意思是'我去你妈的'。"

"还有那个特别凑巧的电话，宁莫寒说是一个给她邮寄过境外洋酒的男性朋友，那几天正好和她在聊进新货的事情——也是你安排的人？"

"不算刻意安排。因为他的确是宁莫寒的朋友，只不过跟我的手下更熟而已，给点钱，就很爽快地答应配合了。不过，他不知情，他以为只是单纯地打个电话。"

"那段视频我也看过，清吧里只有宁莫寒和叶雯雯两个人，而且莫寒清吧那个时候没有正式营业，所以门是虚掩着的，在外面的人根本看不见里面的情况，怎么能那么凑巧地将电话打进来？而且那摄像头也坏得太过蹊跷——"

"张队长。"严正立笑了，"既然你们都不能根据视频资料直接定宁莫寒的罪，那为什么不大胆推测一下，其实清吧里——有第三个人的存在？"

江棉一愣，立马反应了过来："那个柜子——收银台下那个最大的柜子，是不是？"

"因为莫寒清吧没有聘请服务员和保安，所以有很大的漏洞可以钻，而且清吧摄像头的红外线和收音器在很久之前就坏了，一来录不到夜间的情景，二来收不进声音……"江棉的眼睛亮了起来，"所以是不是有个人，在 8 月 8 号晚上就藏进柜子里，然后待了整整一晚？"

严正立只笑，不再说话。

"这样的话，那个人就可以躲在柜子里对摄像头动手脚，那里本身就是拍摄死角，而且很多电线也都藏在柜子里——他将摄像头弄坏之后，及时通知了那个所谓的生意伙伴打电话给宁莫寒，最后……"江棉觉得她的声音都快变成另一个人的了，所以她正费力地维持着声带里的平衡，"在宁莫寒出去之后，他再出来，拿着刀将叶雯雯捅……"

"这么顺利？"张科眯了眯眼睛，"就算有人在收银台的柜子里藏了一天一夜，就算他技术过硬将摄像头弄坏再通风报信，可是，严正立，你是以什么理由让叶雯雯去到莫寒清吧的？你怎么保证她会听你的话？而且，你又怎么保证叶宁二人一定会吵架？"

"老天帮我。"

"严正立，你必须给我一个像样的回答。"张科严肃起来，"一起故意伤害既遂，一起故意杀人既遂，再加上你现在的非国家工作人员受贿。这三个罪名加起来，不是随便说说的。"

"我知道，我已经在很配合地回答你们所有问题了。"

严正立说："其实我没想真的杀了她——不说别的，至少那是一条命。这些年为了做生意赚钱，我什么脏活都干过，却唯独没有碰过这条底线。8月7号的下午，我看到叶雯雯给我儿子发短信，说是想在9号那天去公园散散步。这没什么，我儿子偶尔会带她去人少的地方透透气。但是7号晚上，叶雯雯又给我打电话要钱了。当时我正因为一块地皮投资失利而心烦，所以我问她，是要钱，还是要命，她说当然是钱——你们听听，这是她自己说的。"

"可是这个回答没有法律效力。"张科忍不住出声纠正。

"我当然知道。"严正立顿了顿，"但我突然就想赌一把。我想了一圈，最终把目标定在了宁莫寒身上。我说她配不上我儿子，这其实是其次，最大的原因是因为她和她的店面很合适——老板粗心大意，身边刚好有我能用的人，而且摄像头也坏得恰到好处。所以，8月8号一大早，我就派人往叶雯雯公寓里塞了很多张我儿子和宁莫寒相处的照片，同时也在清吧里安排好了一切事宜，最后的打算是预备在9号那天，以公司有事的名义将我儿子喊回来处理公务——如果有他在，是肯定杀不成叶雯雯的。不过，没想到的是，到了9号下午，我还没有来得及联系他，他自己就主动失约了。"

严正立接着说道："说实话，我不知道他会失约，我也不能保证叶雯雯真的会去莫寒清吧，同理，我也保证不了叶宁二人一见面就能吵起来，虽然我知道她们之前就有些过节，但女人们翻不翻脸，说到底全凭她们当下的心情。所以我说我赌一把——

但事情真的就是按照我所计划的方向在发生，甚至还要好上一点……"严正立笑了，"这不是老天帮我，是什么？"

"这明明是老天在害你。"张科站了起来，"你儿子 9 号下午干吗去了？"

"我不知道。我没有监视家人通讯的习惯，也从来不过问他们的隐私。"

"那他……"张科身子前倾，两只手用力地撑在了桌子上，"知不知道你要杀叶雯雯？"

"不知道。我指的是我不知道。"

"严正立，你有权说任何你想说的。"张科直直地盯着玻璃后的严正立，"但我不是二十出头的小毛孩，我没有那么好哄。所以，你这些话里有多少水分，你自己心里清楚。"

"张队——"江棉微微错愕地拉长了声音，却不知道接下来该说什么。

"有水分，但不多。"严正立很缓慢地笑了，仿佛这一场不到四十分钟的谈话耗尽了他毕生的心力，"我保证今天说的所有话，不管真假，都不会影响到你们和法律最本质的判断。"

第十二章
- 江棉和季野 -

从看守所出来的时候，太阳已经升到了顶空。

"张队。"江棉犹豫再三，还是在长长的阶梯上停了下来。

"怎么不走了？"张科回头，眼睛被太阳光晃得快要睁不开，"现在开车回局里，刚好能赶上午饭。"

"我还在想严正立的事。"江棉的背部被太阳烤得很热，她暗暗地咬了咬牙才将那股焦躁微妙的炸裂感给压下去，"你最后走的时候，说他的话里……"

"有水分？"张科笑了笑，挥手示意江棉边走边说，"这不稀奇。你能保证哪个犯罪嫌疑人对警察说百分之百的实话？"

"可是……"

"没有那么多可是。"阶梯之下是两排很长的杜英树，张科选了一处有树荫的地方停下了脚步，"而且严正立也没有说错，他没讲实话的部分，的确不会影响这些案子的最终结果。"

"张队？"江棉愕然，"你知道……"

"我当然知道。"张科的表情没有太多的波动，"但是法律不管八点档的狗血家庭剧，也不管爸爸不听话的情人到最后是不是因为生活多舛而爱上了主动献温暖的儿子——所以我才在最后问了严正立一句，他儿子知不知道叶雯雯会被杀这件事。"

"他肯定是不知道的。我跟严之霖认识那么多年，他绝对不是这种见死不救的人，而且他还……"江棉的声音渐渐低了下去，她本来想说"而且他还爱着她"的，但终究还是将这句话给吞了回去，她在这个瞬间里有些弄不明白，严之霖口中那份敌不过金钱和权力的爱，究竟还算不算所谓的爱。

"可就算他知道又怎么样？只要他没有正儿八经地参加这个杀人计划，他就构不成任何犯罪。毕竟他对叶雯雯没有背负任何义务，所以哪怕就是叶雯雯死在他的脚边，他也可以见死不救，法律对他束手无策——我这么说，是不是有点太不人性化了？"

随即张科紧紧地皱起了眉头："棉棉，你知道为什么我和你爸爸的关系会那么好吗？其实不仅仅因为我们是大学舍友，更多的，是因为我们做错了同一道题。那个题目问我们，一个路人，看到了一个陌生小孩落水了，但他没有去救，那么他该不该受到法律的惩罚。我们都选了'该'，但其实我们都知道没有义务的见死不救构不成违法。"

"我们也考过类似的问题。"江棉有些不好意思，"不过把'落水'换成了'遇到火灾'——我也做错了。"

"你看，我们仨是同一类人。"张科静静地看着江棉的眼睛，"其实只要稍微学过一点刑法的人就能弄懂这个原理，但我们为什么宁愿丢掉那两分也要选那个选项——是因为我们相信法律。

"我们觉得法律应该，或者必须成为这世上最强有力的武器，弱势群体也好，手无寸铁也好，陷入危难也好，法律要保护的对象，不应该只有这些。它不应该被那么多前提条件和条条框框所拘束住，它应该是广泛的、无坚不摧的、绝对权威的——但后来我和你爸都发现，其实不是这么回事。世界的确应该变得更好更有人情味，但要真的做起来，太难了。一路上我和你爸吃过太多亏——比如那两分。我记得很清楚，你爸就是差了那两分，奖学金才溜走的。"

"我妈后来老说我爸这人特别傻。"江棉低下头笑了，但她知道她眼中有泪。

"你是他们的骄傲。"

张科的手在江棉单薄的肩膀上稍稍用力地捏了一下。

"行了，放松点。就算严正立承认犯罪，但保险起见，严之霖也会接受最少一次的讯问。他知不知道他爸杀人这件事我们拿不准正确答案——毕竟法律也没办法强求一个人大脑的主观意识。但他有没有刻意的加害行为，我们还是能查出来的。走，回单位吃饭去，今天张伯伯给你多加两个肉——"张科的声音忽然来了一个非常微妙的、含着笑意的转变，"不过，现在看来，你是不会和我回去吃食堂了。"

江棉听得一愣，抬起头的瞬间看到了站在不远处的季野。

"你今天居然开了一辆这么正常的车出来。"

江棉系上安全带后下意识地长舒了一口气——她也不知道为什么，可能是车里的冷气开得很足，也可能是因为结束了长久以来积压在心头的案子，总之，在季野踩下油门的那瞬间，她才发现原来今天的天很蓝，浓郁又纯粹，让人赏心悦目。

"难道你不应该更惊讶为什么我会在看守所门口等你？"季野不满地反问。

"你一定先在公安局扑了一回空。"

"什么都能猜到的人，一定活得很无趣。"季野咧了咧嘴，又接着道，"你和严之霖挂了电话后我还是不放心，所以想当面跟你聊聊。对了，你刚刚是去和严伯伯见面？"

江棉点头，脑子里又不自觉地浮现出严正立说的那些话。

"情况怎么样？是不是真的很严重？"季野有些紧张。

"季野，我们的刑法老师是同一个。"江棉有些无奈地看着季野开车的侧脸，"你当初应该和严之霖一块报金融或者学一些别的专业。你压根就不喜欢警察这个行业，不是吗？"

"我从来都没说过我喜欢警察或者法律相关的专业，我喜欢的一直是——算了。"季野暗自将没说完的话又收了回去，"反正我就算去学汽车维修，也不要和严之霖报一个专业，不然他肯定会一天到晚管着我。说出来你可能不信，小时候他连我吃不吃青菜都要管，老妈子似的。"

"我信啊。"江棉笑了笑，"他比你想象中的还要关心你一点。真的。"

"他只是享受三百六十度花式碾压我的乐趣而已。"季野觉得自己形容得很到位，可还没来得及多得意一会儿就发现自己聊偏了，"不对，我要问的是严伯伯，严之霖等会儿再说。"

"严伯伯这起案子是经侦队在办，所以具体的涉案金额是多少我不清楚。"

江棉在脑海中努力地搜寻了一下，最终还是无果。

"不过，肯定超过了数额巨大，最低判个五年吧，也许还得同时并处……"

"这么久。"季野皱了皱眉头，又问，"那数额巨大的标准是多少？五百万？一千万？我记得以前老师讲过的，但我忘了。"

"是十万。"江棉对这样的季野习以为常。

　　所以，她自然而然地就记起了某个片段——大三的刑法课上，季野睡眼惺忪地问她洗钱罪的中游犯罪和下游犯罪是什么，她说没有，然后季野的瞌睡就彻底醒了，他有些惊讶，甚至是有些粗鲁地说，怎么可能呢？它都有上游犯罪，怎么会没有中游和下游？这怎么可能呢？

　　"什么？才十万？"季野的表情就跟当时重复"这怎么可能呢"时差不多，因为开车的缘故，他没办法看江棉，所以他只好瞪着前方看不到尽头的路，"十万算哪门子的'巨大'？"

　　"我们国家确立数额标准的时候，参考的是全国平均水平。"

　　"可是这也太……"季野想了好一会儿也还是没想到确切的形容词，"十万就关五年，一年两万，太不值得了。五年——你想想，等来一届奥运会还有的多。"

　　"哪有你这么换算的？"江棉觉得有些好笑，"五年是起底了，而且我觉得应该还会没收财产。"

　　"没收财产？"季野脑中的概念仍然很模糊，"是不是跟古时候皇帝抄别人家差不多？"

　　"季野，我要是刑法老师，一定特别后悔四年来都没给你挂过科。"

　　"还有呢？"季野刻意地放缓了车速。

　　"什么还有？"江棉下意识地一愣，扭头看向季野的时候才发现他已经将笑意敛得差不多了，"非国家工作人员受贿罪只有有期和没收财产这两种刑罚。"

"这个罪罚完了，那之前的呢？没猜错的话，那个叫叶雯雯的女人被泼硫酸、被杀害，都是严伯伯干的吧？"季野将车子驶进市区，又重新笑了出来，"我好歹也念了四年警校——不对，即将是五年。就算我永远背不清条文，但思维总是在的，不然你们还真以为我傻？"

"那严之霖知道你已经知道了这件事吗？"莫名地，江棉的第一反应竟然是这个。

"不知道。"季野耸肩，"他这人真的很奇怪，到时候严伯伯开庭，下判决，被关被罚钱，哪一样不能让我知道其实严伯伯不止背了一个案子在身上？为什么他不提前告诉我？我又不是什么外人，难道还怕因为这些事我会看不起他？"

他摇摇头："算了，谁搞得清他。反正看在严伯伯的面子上，我就装作大家都知道的那一天再知道好了，这真考验我的演技。"

"季野。"江棉突然将整张脸都转了过去。

"嗯，怎么了？是不是冷气开太低了？"

"8月9号那天下午，你是不是和严之霖在一起？"

"8月9号？"季野一愣，"你知道我一直算不清日子的——所以那是什么时候？"

"是叶雯雯死的那天。"江棉本来已经完全放松下来的神经在此时又突突地紧张了起来，"那天下午，你是不是和严之霖在一起？"

"哦，你说的是那天。我记得在客厅等晚饭吃的时候有看到这个新闻。"

季野脑子里的场景，慢慢地清晰了起来："我们是在一块。我那阵子因为打人的事情被我爸勒令在家，为了打发时间我就买了十几款游戏回来玩，可有一个游戏我怎么着都没法通关，所以我就把严之霖喊过来帮个忙。怎么了？"

"他是什么时候到你家的？"

"不到一点。因为我记得我给他开门的时候，中央八台还没有开始放闽南剧。"

"那他又是什么时候走的？"

"八点？九点？"季野想了想，"反正晚饭后夜宵前——这点也真是尴尬。"

"那你再好好想想……"江棉顿了顿，"严之霖那天有什么不对劲的地方吗？"

"不对劲？他能有什么不对劲的地方？一天到晚不都是那副——"季野踩下离合器，在等红灯的空隙中打了一个利落的响指，"如果你非要挑一个的话，那就是那天的晚饭他做得有失水准。咖喱这道菜很容易煮吧？反正我看美食节目的主持人煮起来很容易。严之霖技不如人也就算了，可他居然还怪我家洋葱太老。他就胡扯吧，我家钟点工买菜向来都是挑最嫩的，他居然……算了，看在他当时的确被洋葱熏红了眼的份上，我也就懒得计较了。"

　　这就对了。

　　江棉在心里，冲自己笑了一下。

　　为什么自己当时明明是拜托了季野去找严之霖，可最后到场的却只有严之霖一人；为什么严之霖在解释季野没来时，要刻意强调叶雯雯这件事和季野没有任何关系；为什么在谈话接近尾声时，一直十分配合的严之霖却不肯告知 8 月 9 号下午他到底去干了什么——原来，他只不过是要保护季野。或许就像他说的，多一事不如少一事。

　　那严之霖到底知不知道严伯伯的计划呢？他又知不知道在他爽约之后叶雯雯面对的是死亡呢？季野家厨房和客厅的距离，足不足够让准备饭菜的他听到那则时事新闻呢？还有，他手里的那颗洋葱，是不是真的辛辣到可以让他一下子就红了眼眶呢？

　　不重要了。江棉轻轻地跟自己说，这一切都不重要了。她终于明白严之霖了。

　　"你问这些难道是因为……"季野的声音明显闷了下来，"严之霖真的和这起杀人案有关？"

　　"不。"江棉笑了笑，"没有关系。所有案子都跟他没有关系。"

"我不信。"季野那种粗鲁的孩子气又上来了。

"季大少爷，你自己刚刚都说了'难道'——这就表明其实你相信严之霖是无辜的，不是吗？"江棉到了此时才确定严之霖是真的将他和叶雯雯的事情瞒得很好，大概这世上，除了严伯伯，唯——个知情者，就是她了。

"之前有过不确定的时候，但现在确定了。"江棉笑着重复，"这些案子都跟严之霖没有关系。"

"江棉。"季野在黄灯来临时，非常短暂，却认真地盯了江棉一眼，"我觉得你有些变了。"

"我……变了？"江棉有些困惑，她甚至不知道季野指的是什么。

"你知道的吧，身边的朋友都觉得你是个温柔的人，虽然我也是这么觉得，但我和他们不同，因为我知道你的温柔底下还有些不一样，或者说是和温柔本质不同的东西——这点他们都不知道，只有我知道。"季野下意识地将方向盘攥得更紧了些，"可我没有严之霖那么会说话，所以我有点形容不来你温柔底下的那层东西叫什么——倔强？高冷？偏执？坏脾气？好像都不太对。那我干脆说事吧，你还记得初一那年的夏令营吗？"

"记得。"江棉点头，"全班都在欢呼，都在兴高采烈地讨论着要带什么零食去，唯独我像个异类一样举起手，跟老师说我不参加，理由是没钱。"

"对。"季野没有和任何人提过，他其实是在江棉举起手的这一刻，才下定决心往后要好好守护她的。

"你知道，你举起手然后站起来说不去的那瞬间，班上立马安静了下来——或者说寂静更好一点？我记得年级主任来听课的时候大家都没有这么配合过。大家都望着你，有几个可能以为你不去，这个活动就会取消，所以他们带着埋怨和愤怒的眼神望着你……我猜你也感受到了，可你却把背挺得更直了，你声音很脆，你说你没钱，去不了。"

"我是真的去不了。那段日子我妈妈的画卖得不好，而且也没撞上什么节假日。"江棉把放在腿上的公文包默默地换了一个方向，"我的意思是，因为没有节假日，所以我家没有那笔所谓的烈士家属过节费。我妈是个很有骨气的人，她没有去申报任何特殊情况，其实我猜，她是不愿意拿我爸的那条命跟国家明码开价。"

"谁能比你更有骨气？"季野笑了，"别人说你考第一名是走后门，你就默默地做更多题去参加奥赛；别人说你当班干部是靠关系，你就算那天感冒了也坚持去选拔院干部。你好像永远都不会因为这些事真的生气或者伤心，你总是笑着跟大家说话，帮着大家做事……"

"那是因为我发现沉默无视比哭闹解释来得更有用。"江棉出声纠正，"但是如果他们踩到我的底线，我还是会……"

"我知道。我就踩过，不是吗？在我第二天宣布要请全班去夏令营的时候。"季野记忆犹新，"你一整天都没有理过我，直到放学我都跟到了你家门口，你才回头看我——不对，是瞪我——也不对，我形容不出那个眼神，我只觉得那个眼神很冷，还有点狠。你就持着这种眼神跟我讲，我可以抄你的作业，但是绝对不能以这种对你好的方式来侮辱你、看不起你。你还说，在你说没钱不去夏令营之前，我请全班去月球你都没有意见，但你说了，我再紧接着这么来一出就过分了。说真的，江棉，当时才初一啊，你怎么能讲出这么多有哲理的话？"

"我当时那么生气，是因为我已经拿你当好朋友。"

季野觉得此刻江棉的声音听起来有些疲惫，或许也不是疲惫，或许只是因为这个声音跨越了十年去解释当时发生的事情，所以隔山隔水地听起来有些远——知道了，这么一想，季野就知道那是什么了——既不是疲惫也不是遥远，是一种带了倦意的、模模糊糊的柔软。

然后，他踩了一脚刹车。

"季野你要干什么？"江棉下意识地将身子坐得更直了，"这里不可以停车的，五分钟内绝对有交警要过来贴你罚单。"

"管他的，我有的是钱，让他罚好了。"

季野这会儿终于可以无所顾忌地盯着江棉的眼睛了。

是的，没错，今天一见面他就发现了，她温柔底下的那层东西被软化了，从眼睛里就能看出来——她被他那么看过，那是他与众不同的特权，所以，就算是在她无比平和的状态下，他也依旧能从她的双眼里看到那些别人看不到的东西，绝对错不了——可现在那层东西没了，它们被软化，甚至被揉进她清亮的黑眸里，它们盈盈地闪着那种充满了倦意和模糊的柔软，既像水，又像星光。

"江棉，你可能不知道我有多了解你。"季野做了一个深呼吸，"算了，我的意思是，在以前的话，不管是什么情况，只要你开口朝我问了一件事，你就一定会问到底，或者说你必须问到很清楚很明白了才会停下，可是你今天为什么在问完严之霖哪里不对劲之后就不接着问了？你以前不是这样的，你明明还会问更多细节的，就像上次吃饭时一样，可这次你却打住……"

"所以，你的重点到底是我变得不打破砂锅问到底了，还是你认为我瞒了你一些关于案子的事情？"

"不，都不是。其实我的重点是……"

季野顿了顿，他本来想问她眼里那层相对来说比较锋利，比较不一样的东西去了哪里，这才是他觉得她变了的重中之重——明明上次见面的时候还在的。

但他也知道，要真这么问了，江棉一定会觉得他莫名其妙，所以他只好换了一种说法来表达："你现在看人的眼神——不对，包括你看天、看包、看车，甚至看外面那些花草树木什么的，为什么都变得那么……"可他最终还是说不出那些矫情的词汇，比如欣喜，比如期待，比如荡漾，比如比温柔更温柔的温柔，"就感觉你好像特别喜欢它们似的。"

"季野。"江棉无奈，"你到底在说什么？你最近是不是又玩了一些奇怪的游戏？"

"江棉，我不相信一个刑警会因为一起命案而变得温柔，或者更温柔，可是你……"季野的眼神开始毫无遮拦，"所以，你最近是不是遇到了什么人，还是什么事？"

第十三章
- 马蹄莲 -

在离殡仪馆还有一个转弯和一段大概五百米的直线距离的时候，祁又生将车停了下来。

"怎么了？"江棉看了看不远处已经露了大半个身子出来的乳白色建筑，不解地问，"为什么不走了？"

"你还好吗？"祁又生将钥匙拧了大半个圈，车子彻底熄火了。

"我？我怎么……"

"你快把手里的马蹄莲捏断了。"

祁又生话音一落地，江棉就下意识地松开了手，于是那束包装精美的马蹄莲就这么直直地从她的手掌间坠到了她的大腿上。

所幸坠落高度不到十厘米，所以除了让花朵上的露珠滚落了一些之外，它依旧美丽。

"你要是不想去的话，我现在可以立马掉头送你回家。"

"别……"江棉咬了咬下嘴唇，"我答应了严之霖要帮他来看看叶雯雯的，而且就我自己来说，也挺想来看看她的，所以我才特地选了周末，因为我是真的很想好好地、专程地来看看她——我一路上攥着花不是害怕，也不是紧张，我只是，只是……"

"不知道怎么面对她。"

"算是吧。"江棉莫名地在心中松了一口气，好像被祁又生这么直白而简练地概括出来之后，这件事就变得没有那么复杂了。

"我7月份就来过殡仪馆两回，一回是跟着妈妈去殡仪馆后面的烈士墓地看看我爸，一回是跟着大队来参加一位老刑警的追悼会。可叶雯雯不像我爸和我那么熟——虽然我没有见过我爸，但我仍然觉得我和他是熟的——你觉得这点奇怪吗？"江棉笑了笑，好像就算祁又生说了奇怪，她也不会介意的样子。

"她也不像那位得了胃癌去世的老干警，我是完全不认识她的。所以，我跟叶雯雯本来是陌生人，但因为这起案子又好像稍微熟了那么一点，最后定在了一层不生不熟的关系上——特别是这种关系还是我单方面的。可现在我就这么突如其来地去拜访她——哪怕我有严之霖的嘱托，但也总有点奇怪吧？祁又生，说真的，我想了一路了。"

"江棉，你这么想。"

祁又生扭过头去看江棉的时候，才发现她的上半脸正浸泡在一层很浅的金色阳光中。

按理来说，夏天的阳光是不能和浸泡这种湿润的词语划上等号的，但所幸这几天有降温的趋势，所以哪怕已经过了十点，祁又生也觉得此时的阳光，带了些温柔的色泽。

"叶雯雯已经成了一把没有任何温度和思想的灰烬，她不会为难你的。"

"你……你们入殓师可以说这样的话吗？"

尽管知道祁又生说的是实话，但江棉仍有点意外，以至于她的睫毛都连着颤动了好几下。

"那你现在做好要见叶雯雯的准备了吗？"

江棉一愣，随即很轻，但却坚定地点了点头。

祁又生带着江棉直接从地下停车场的员工通道走进了一条有点黑的走廊。

"这里的灯坏了，一直没有修好。"祁又生回头看着身后的江棉，"不过这条走廊上什么东西都没有，你不用担心会被绊倒。"

"我不怕黑的，只是这里……"江棉话说到一半，又情不自禁地打了一个冷战。于是，她下意识地抱紧了怀中的马蹄莲，在听到塑料窸窣声的同时，她还摸到了自己小手臂上的鸡皮疙瘩，"比外面冷好多。"

"殡仪馆本来气温就要低一些，而且我们现在是在地下二层。"

祁又生因为照顾着江棉，所以走得比平时慢很多，"等到了地下一层，会稍微好一点。"

"地下一层是专门放置骨灰的地方吗？"

"不止。骨灰存放室其实只是很小的一间，太平间和入殓室也都在地下一层。"

"我之前只去过殡仪馆背后的烈士陵园和专门用来开追悼会的大厅，甚至我以为停车场上面的那一层就是悼念大厅——"江棉的声音在黑暗中听起来有些脆，"原来中间还有一层。"

"我以为第一次来的人，多多少少都会有些害怕。"

"可是我不是跟着你在走吗，为什么还要怕？"

祁又生没回头都知道江棉肯定眨了眨眼睛。他也是在这个想法涌进脑子里时才后知后觉——原来他在无意中记下了她一些小习惯，比如她在问疑问句的时候，会眨眨眼睛。

"大概……"祁又生不得不承认，他因为江棉话里那份笃定的信赖而产生了一秒的晃神，"大概是我见多了有些怕我的人。"

"我觉得他们那样不好。"江棉本来想说"不对"的，但她转念一想，又觉得害怕这种主观情绪，不能去算一个人做的错事，所以最后她还是说了"不好"，尽管她知道这个词汇没办法完全排遣掉那股莫名横亘在她胸口处的闷。

然后，她就听见了祁又生用很轻的声音，说了一句谢谢。

可是太轻了。在走出走廊并顺利接收到大厅里第一捧光明时，江棉有些微微的眩晕，于是在这片眩晕里，她顺理成章地认为祁又生刚刚的那句谢谢，说不定是个幻觉。

"祁老师，你怎么来啦？"

一个与周遭沉闷气氛不相符的清甜女声把江棉从那片眩晕里解救出来了。

江棉的眼神飘了几秒，最终才定格到发声者身上。

是一个看起来年纪有些小的女孩子，单眼皮，眼睛却很大，口罩只取了一边，正摇摇晃晃地挂在左耳上。

"你今天不是休假吗？我有帮你的绿植浇水喔。"她带着笑意，嘴边有两个很深的梨涡。

"有事。"

——这真是一个无懈可击又等于没有回答的回答，江棉在心里这么想。

"她是你带的大学生吗？"等那个女孩走了之后，江棉才开口。

"嗯。今年暑假来了一批殡仪专业的学生，有几个被分配到我的名下当实习入殓师。"

"真了不起——"江棉小小地拉长了声音。

"习惯就好。"祁又生拿出了骨灰存放室的钥匙，这是昨天在下班回家途中收到江棉短信时，他特意折返找主任拿的，"我第一次带他们入殓，只是让他们在边上看着，可女孩子差不多都哭了，男孩子也有几个受不了跑出去扶着墙干呕。"

"其实我刚刚那句了不起——"江棉对上了祁又生看过来的眼神，"是在说你。"

骨灰存放室比江棉想象中要小很多。

整间房子大概不超过二十平方米，正中央的日光灯似乎瓦数不太够，除开四个角落之外，也有一些货物架上的骨灰盒子没有被清晰地照明。

江棉走了进去，她的步伐非常轻柔，同时也非常缓慢。

因为她害怕她身上的血肉和无意间的莽撞，会破坏掉眼前这层寂静而庄严的灰白色。

"叶雯雯在你左手边最后一个架子上。Y开头的，这里只有她一个。"

"她家里人什么时候来带她走？"

江棉顺着祁又生的指示，几乎一抬眼就找到了叶雯雯的骨灰盒——本来她以为至少要默背一整遍字母顺序才能找到叶雯雯的。可现在看来，反而更像是叶雯雯在专门等着她。

"年底。"

祁又生朝着江棉走近了几步，然后他看到她小心翼翼地将那捧马蹄莲放了上去。

"她家里人说来回一趟有些浪费车费，所以拜托了同乡打工的人在过年的时候顺带捎回去。”

“也好。”江棉笑了笑，“反正她也不是很想回到她那个家。”

片刻的寂静后，江棉仰起头，她的几个指头在半空中显得岌岌可危。

从祁又生的角度看过去，江棉的手正好伸在了光照和阴影混合的交界处，所以它们的颤动既微妙，又明显。但这个靠近的过程其实也没有那么重要，因为它们最后一定会顺利地降落在叶雯雯的骨灰盒上。只是她没有想到，她的指尖竟被某种冰凉感，实打实地烫了一下。

真奇怪。她收回了手，同时也在心里问自己，明明是那么冷的一个罐子，为什么会在触碰的时候，给了她一种像是被大火灼伤的错觉？

“叶雯雯……”江棉的声音也愈发轻了起来，“你是不是什么都知道？”

一股强大蛮横，却又轻盈空灵的哀伤，就是在这个时候找上了江棉，它牢牢地裹住了她。

于是，在这股哀伤的禁锢下，江棉凝视骨灰盒的力度，都大了好几倍。

“你肯定什么都知道的。因为我妈妈以前和我说，其实死去的人，才是最明白的，他们站得高高的，把什么都看在眼里——

所以其实你知道，严之霖一直将他正盛集团继承人的身份看得比你重要，是不是？你也知道，他劝你瞒着严伯伯打掉孩子并不是怕从此以后你真的变成一个所谓的情妇，他只是害怕你和你的那个孩子毁了他的人生而已，是不是？还有……"

江棉咬了咬下嘴唇："你肯定也知道，当严之霖在季野家厨房里听到你的死讯时，他其实一点也不意外的，是不是？说不定他还很感谢这场阴错阳差让他的人生终于重回正轨，毕竟没有什么比'死'来得更干净果断——这些，你都知道的，是不是？"

"她不怪你朋友。"

祁又生的声音很静，莫名地，江棉觉得祁又生其实站在了一个离她很远的地方。

"她跟我提及这些事的时候，她只怪她自己——就像老一辈才会说的，怪自己的命不好。她说她以为当她拥有了花不完的钱和焕然一新的衣食住行后，她就会变成一个不一样的叶雯雯，这种不一样足够让她甩掉那场长达十八年的耻辱，但是她错了。然后，她遇到了所谓的爱情——大概就是你口中的严之霖。"

他的声音，像是越来越远了，但同时又十分清晰。

"于是，她又燃起了斗志，她把那些物质完不成的事情，又通通交给了这份感情——所以她才这么害怕严之霖和宁莫寒假戏真做，她怕失去他，她怕她一辈子都只能活在以前的耻辱里，她怕她穷尽各种办法之后才发现她的人生本来就是扎根在烂泥里。"

"难怪宁莫寒说叶雯雯总是不管不顾地找她麻烦。然后呢？你们还聊了什么？"

"很零散，因为她大脑活跃到了一种比较混乱的程度，而且我当时大半的注意力都放在给她入殓这件事上。"祁又生顿了顿，"但关于案子方面的信息，我之前都已经告诉你了。比如她告诉我她不是被宁莫寒杀的，再比如她打掉了一个很倒霉的孩子——这是她的原话。"

"可是祁又生……"江棉将头转了过来，深深地看着眼前的祁又生，"这些事情，真的是叶雯雯在死后，在你给她入殓的时候，她亲自告诉你的吗？"

"我以为……"

以为什么呢？祁又生顿住了。以为江棉已经相信上次他在车里和她说的那些话了吗？

他还记得那晚——那晚的月光越到后面，越是明朗。封闭的车厢内，江棉亮晶晶的眼睛像是两尾在发光的小鱼。她的声音有种绵长的温柔，却非常干脆地盖过了宁莫寒因为醉酒而变得粗重的呼吸，她诚意满满地看着他，然后没有任何犹豫地说她相信——说她相信他。

"别，你别误会。"江棉脸上出现了少见的急迫，"我说过我信你，所以在这点上，我无论如何都不会变卦的——只是祁又生，这实在是有些太不合常规了。一个活人，变成了死人，还怎么告诉你这些事情呢？你们是通过什么来交流的呢？难道就和普通人一样用……"

"当然不是。"

祁又生从没想过，有朝一日他会和家人之外的人正式地谈论起这件事。所以，他看向江棉的眼神变得有些复杂——就像他当初无法相信自己的身体发生了类似超人力的转变，现在的他，也无法分辨出他的眼神里具体涵盖了一些什么情绪。

"你知道，人的死亡大致能分为两种，临床死亡和脑部死亡，但这两种通常不是同步的，也没有一个确定的先后顺序。所以，常常会有人出现心跳之类的身体感官已经停止运作了，脑部却还很活跃的状况——我能沟通的人，或者说往生者，只局限于此部分。"

"死亡标准我们之前也接触过。"江棉说，"虽然我国现在并没有采取脑死亡标准，但是医学不是越来越发达了嘛，那些精密的仪器难道不能……"

"仪器也是人类运用大脑发明出来的，你觉得呢？"

祁又生静静地看着江棉："就像人在深度睡眠中，脑子可能会以为身体已经死亡，所以脑子会因为'害怕'或者'不放心'而传递信息给身体，让身体在睡梦中做出剧烈动弹的生理反应。相应地，人的身体在临床死亡之后，大脑也可能会错误地理解为它也随着身体死亡了。所以我接触过很多以为自己脑部已经死亡，但其实我还能接受到他们脑电波的往生者。"

"所以你们——不是靠说话，而是用脑电波交流的？"

"对。"祁又生点头，"往生者不像还活着的人，可以用嘴来过滤一遍自己脑部想要传递的信息。他们已经没有办法再使用这个功能，加上弥留之际的多种情绪重叠，所以他们的脑电波和那些渴望表达的意愿，通常都会有些混乱，要缓一会儿，我才能和他们自如地沟通。"

"如果这样的话，那我觉得很残忍。"

祁又生默不作声，只静静地看着江棉，她好像很浅地皱了一下眉头。

"身体死亡之后，脑部也不会存活太久——我的意思是，就算因人而异，但等待着那些人的终究是死亡和安葬。如果等他们缓过来，再眼睁睁——不对，不是眼睁睁，但至少他们会清楚地知道自己正在被土埋、被火烧——这种感觉难道不残忍吗？就像好不容易活过来了，却又要再重新体验一遍死亡。"

"所以，往生者们在最后拜托的心愿，我都会尽力而为。"

"那叶雯雯最后的心愿是什么？"江棉有些好奇，"要你告诉办案的警察，凶手不是宁莫寒？"

"这只能算她的一个嘱托，不是心愿。"祁又生将眼神放远了，仿佛江棉的背后延伸出了一片漫无边际的草原，"'来生不为人'，这才是她的心愿。"

骨灰存放室的门，就在这时发出了一声短促的"嘎吱"。

紧接着，从外面探进来一个男人的头。

"杨主任。"祁又生这么喊他。

"我说怎么里面有光呢，原来是你在里面，我还以为是不是我终于撞见了……"被唤作杨主任的中年男子乐呵呵地笑着，话说到一半才发现原来祁又生的斜对面，还站着一个女孩子，很瘦，就算一半的脸被埋在阴影中，也难掩她的清秀气质。

"这个是？"

"是来看叶雯雯的……"祁又生停了下来，因为他也拿不准江棉算叶雯雯的什么。

"哦，是同学吧？"杨主任一边粗略估计着江棉的年纪，一边发现了叶雯雯骨灰盒旁静静躺着的马蹄莲，"这……虽然都是白色，但我还没见过谁用马蹄莲来拜访故人呢。"

"不是，我们是朋友。"江棉笑了笑，"所以我保证，叶雯雯一定会喜欢它们。"

第十四章
- 爱丽丝 -

回程的路上，车里的气氛明显要轻松许多。

道路两旁的杜英树沉默而匀速地向后退着。江棉垂眸，看了眼车内自带的天气预报，最高气温 29℃，多云转晴，微风。换句话来说——夏天快过去了，但眼下还没有过去。

换作平时，江棉一定要为这个结论而感到气馁的，但此时的她，却连半点负面情绪也没有。她甚至还在这片因为树木和道路都暂时看不到尽头而产生的假象永恒里，真真切切地找到了一个她不那么讨厌夏天的瞬间。

"对了。"江棉突然想起了那个帮祁又生浇了绿植的女孩子，"我是不是打扰了你休假？"

"没有。"祁又生在拐弯的时候，习惯性地加大了握住方向盘的力度，"我们这个行业没有休假一说，只是今天刚好没有排到我进行入殓而已。"

"今天不用工作，那就是休假。"江棉下结论，但紧接着她就因为这个结论而变得有些不好意思，"你看，我果然还是打扰了你休假。"

"陪你来看叶雯雯是昨天傍晚就说好的事情，所以不算打扰，是预约好的行程安排。"

"这样也算？"江棉一愣，案子侦查阶段的顺利结束让她放下了心中一块巨石，所以她促狭地朝祁又生眨了眨眼睛，开起了玩笑，"那祁老师——接下来的行程安排是什么？"

"陪我奶奶看电影。"

祁又生在说这句话的时候，好像很浅地笑了一下。

但江棉不确定这个转瞬即逝的微笑，到底是因为她刚才的玩笑称谓，还是因为他话语里的奶奶——毕竟在很早的时候，她就发现了，祁又生只有在提及家人的时候，才会暂时褪下那层清冷，容许一丁点的笑意在脸上浮现。

"你居然……"江棉顿了顿，总觉得"居然"两个字可能带了些贬义，所以她干脆换了一句话，"我以为现在都没有人愿意带着老人家出去玩了。"

"我爷爷去世之后，奶奶就一直过得很寂寞，常常在阳台一坐就是一宿，怎么劝都不听。"祁又生的口气很平常，"可这几年她病得有些严重，脑子也越来越糊涂，唯一的好处大概就是变得像个小孩子一样好哄。陪她吃顿饭，带她出来买点零食，她就能高兴很久。"

祁又生顿了顿，其实这些话他从来没有摆在台面上和谁正儿八经地讲过，连祁母都没有。

"她高兴，我爷爷和我爸爸也就安心了。"

"你爷爷和你爸爸——也是入殓师，对吧？我听宁莫寒说过的。"

江棉大概知道了祁又生的意思，同时她也知道，眼下说节哀，或者附和他刚才的那句安心，都是不太明智的——在这种时刻，诚心实意地表达一句其实无关痛痒的遗憾或者安慰，其实更让当事人尴尬。所以，她选择将话题带到了一个不算太偏的地方。

"对，其实不止我爸爸和我爷爷，再往上数，都是入殓师。"

"那他们是不是也和你一样，能听到死人脑子里的声音？"

"是。但你顺序反了。"祁又生在等红灯的空隙，侧过脸看了江棉一眼，"不是他们和我一样，是我和他们一样——也不是，确切来说，是他们的这个能力传到了我的身上。"

"传？"这个字眼勾起了江棉的无限遐想，"你的意思是，这个能力就像是一个无形的传家宝，从你爷爷这里传到你爸爸那里，然后你再从你爸爸那里接过来，是吗？"在看到祁又生点头之后，江棉小小地惊呼出声，"真神奇……你们家的事迹，说不定可以写成一本书。"

"可是谁信？"祁又生重新踩下了油门。

"我……"江棉像是不服输似的咬了咬下嘴唇，"我就会信。"

"那也只是你。"

"难道除了我，这个世界上就没有其他人会相信了吗？祁又生，你不能这么想。"

"这件事只有我家里人知道，当然，一直以来也只有我家里人相信。"

"你家里人……"这个范围的准确划分让江棉突然有些手足无措。

"就现在来说，除了我妈和奶奶，你是第三个知道，并且愿意相信的人。"祁又生顿了顿，本来后半句他是不打算说出来的，"其实这样，我也已经很知足了。"

完了。江棉突然清晰地听见某根弦在脑海中崩断的声音。

就在江棉仍旧沉浸在那根被崩断的弦中时，她听到一阵手机的振动声。

然后，她几乎是慌乱，甚至是有些心虚地立马去翻自己的包，但结果她的手机一片漆黑，反倒是身边的祁又生放缓了车速，对着车载蓝牙喊了一声奶奶。

"对，我现在已经开车过来了，您再等等，不超过十分钟。"

"您已经下楼了吗？好，您可以去小区门口的便利店等我，就是从玻璃橱外里可以看到兔子娃娃的那家。好，您想吃什么随便拿，我已经付过钱了。千万不可以乱走。"

祁又生打电话的声音好像比他平常说话时要温柔一些——江棉一边听着他像是哄小孩的语气，一边在心里漫无边际地瞎想，以至于身边的人什么时候将电话挂断了都浑然不知。

"江棉。"祁又生把车停了下来，转过头看着她，"你是不是有些不舒服？"

"什么？"江棉后知后觉。

"我喊了你两遍，你都没有反应。你不舒服？"

"没，没有。"江棉摇着头，脑子里快速地将前几分钟发生的事情过了一遍——她算是知道了，脑子里崩断一根弦果然不是什么好事，"你是不是要和你奶奶看电影去了？你就在这儿把我放……"

"帮我个忙。"祁又生将钱包递了过去，示意江棉看向靠近她手边的窗外。

"氢气球？"江棉看着那堆被扎在一起，颜色和形状都大不相同的氢气球，不知道祁又生眼下的动作是什么意思，"难道——你要买？"

　　"对。"祁又生点头，"我奶奶大概会喜欢那只粉红色的蝴蝶。你呢？"

　　"我？"江棉赶忙摇头摆手，"这是小孩子才吵着要买的东西，我就不——"

　　"见者有份。"祁又生看着一脸紧张、将脊背挺得笔直的江棉，莫名觉得其实她很符合她刚刚那番话里的"小孩子"，"就当是拜托你和我一块去看电影……"

　　他单手扶着方向盘，将钱包递得更近了："我明明记得你没有说话，可我奶奶非说我身边藏了一个女孩子。所以，一块去？"

　　"那我们等会儿要去看什么电影？"最终，江棉还是选择了一只天蓝色的小猫，"最近有什么电影要上映我都不知道。"

　　话说到这里，江棉忽然觉得有股积压了很久的疲惫在此时出现在了她的脊椎末端处，并且还大有往上涌的趋势，于是为了让自己不那么酸痛吃力，她只好选择靠在真皮椅背上。

　　"这阵子好像除了叶雯雯的案子之外，我什么都不知道了。"她笑笑，伸出手扯了扯面前两只氢气球的绳子，"怎么办，我现在才觉得粉红色的蝴蝶比蓝色小猫要好看很多。"

　　"掉头？"祁又生看起来不像是在开玩笑。

　　"别别别，我就随口一说。"江棉的手指还缠绕在绳子上，脸却已朝向了窗外，她看着一派平和的街景，在心里长舒了一口气，"我只是不想无意中又把话题带到了之前的案子上，毕竟已经翻篇了。所以，等会儿到底看什么？"

"我在银河影城包了一个小厅，但是具体放什么，还没有想好。"

"你包了场？"江棉将脸转了回来。

"嗯。"祁又生停在了最后一个十字路口，这里的红灯差不多有两分钟，"因为我前几天下班回家发现奶奶在电视上看真人版的《灰姑娘》，她说尽管戴着老花眼镜盯中文有些累，但还是觉得很好看，我就想带着奶奶去屏幕大一些的地方看看这种类似的电影，所以……"祁又生在大脑中检索了一遍关于电影的关键词，问江棉，"你觉得《哈利·波特》怎么样？"

"《哈利·波特》？"江棉用力地摇摇头，"这个不行，绝对不行。虽然《哈利·波特》和真人版的《灰姑娘》一样，有特效，有魔幻，欧美制作，也的确好看——但是奶奶并不一定觉得好看呀。你想想，一个得到仙女帮助而收获水晶鞋和王子爱情的灰姑娘，和一个有着身世之谜不停地与恶势力作斗争的男性魔法师，他们之间的差别在哪儿？"

"这个……"

"哎呀，笨。"江棉也一愣，因为那个有些过分亲昵的"笨"字，她好像还从来没有对谁说过这个字——那么这个字又是她从哪里学来的呢？

算了，江棉咬了咬下嘴唇，继续道："差在一颗少女心呀。

所以如果奶奶觉得灰姑娘好看的话，等会儿你选片子的时候，就从迪斯尼系列中选。"

祁又生似懂非懂地点点头，在重新发车的瞬间，他问江棉："那你喜欢迪斯尼的哪部？"

"我喜欢的？"江棉认真地想了一会儿，"我喜欢的没有什么参考价值。我喜欢《花木兰》。"

江棉的这个回答其实既在祁又生的意料之中，又在他的意料之外。

"我记得我小学还是初中的时候在电视上看过一点，是动画，我看到花木兰去裁缝店量身段做衣服。"

"对，就是那个花木兰的腰比我手腕还细的版本。"江棉的眼睛亮了起来，"东市买骏马，西市买鞍鞯，南市买辔头，北市买长鞭。旦辞爷娘去，暮宿黄河边……我当时是语文课代表，老师喊我起来带领全班朗诵课文，念到这里的时候，我就忍不住了，眼泪唰地掉了下来。也就是那时候我决定，我以后一定要成为像花木兰那样的女孩子。"

"那个时候你几岁？"祁又生好像笑了一下。

"喂！"江棉瞪着祁又生开车的侧脸，"再小的小朋友，也有梦想的权利。"

江棉记得上一次来银河影城的时候，她还没有毕业。

　　她和季野等人看了一部上座率非常高的电影，好像是美国大片——想到这里，她模模糊糊地记起来了，是漫威系列。《美国队长》也好，《钢铁侠》也罢，对于江棉来说，她向来对这种片子提不起太大的兴趣，因为她根本就接受不了现代超英雄主义拯救世界的设定。

　　一旦在最开始无法入戏，那么剩下的一百二十分钟，都是煎熬。

　　"奶奶，你想坐第几排？"是祁又生的声音。

　　大概是因为影厅里过分空荡的关系，江棉甚至都听见了祁又生刚刚那句话的回音。

　　于是乎，就着那道若有似无的回音，她忍不住问自己，明明连电影里的超能力都觉得虚假到难以观看，可为什么反而能在现实生活中相信呢？

　　"我不知道。"奶奶困惑地把头转过来又转过去，她看着明亮灯光下的众多红丝绒沙发椅，脸上有一种孩子般的惶恐，"可是阿生，为什么这里都没别人？"

　　"您不用管别人。"祁又生很耐心，"您只用想，您可以在这里随便坐第几排，随便看喜欢的电影，最主要的是没有人来打扰您，这不好吗？"

　　"好。"奶奶衡量了一下后，很认真地点了点头，但随即她就发现了自己的身后还有一个小姑娘，她和蔼地打量着江棉，"你这个小姑娘，是从哪里来的？"

"奶奶，她是……"

"奶奶，我是江棉。"江棉朝着祁又生摇摇头，示意由她自己来回答奶奶。接着，她晃了晃手中的蓝色小猫，笑着说道，"我是祁又生的朋友，江棉，陪您一块来看电影的。您看，我有蓝色小猫，和您手中的小蝴蝶是一对。"

"哦，是你。"奶奶满意地点点头，"我记起来了，你是阿生的女朋友。"

话音一落地，祁又生和江棉便默契地四目相对，并同时交换了一个有些无奈但却莫名温馨的眼神。关于"这个小姑娘是谁"和"阿生的女朋友"这两个问题，奶奶在来影城的路上，就已经提过至少三遍。

"奶奶。"江棉挨着奶奶的左边坐下，轻声道，"等会儿就要关灯了，您别怕。"

"为什么要关灯？"奶奶很疑惑，"这里要停电了？"

"不是，奶奶……"江棉从小就喜欢和老人家待在一块，但遗憾的是家里老一辈都去得早，所以当见到慈眉善目却孩子心性的祁奶奶时，她一点也不觉得拘谨，"这是为了让我们更好地看电影。您选的片子很好，叫《爱丽丝梦游仙境》，画面非常美。"

"当然。"奶奶有些骄傲地挺起了胸膛，"我看到那张画上面有漂亮的黄头发女孩子，还有小兔子，还有一个穿得花花绿绿，脸上也画得乱七八糟的男人——咦，他是男人吗？"

　　"是。那是个男人。"江棉笑了笑，却不想正巧接到了坐在奶奶右边的祁又生的目光，"黄头发女孩子是主角爱丽丝，小兔子是兔子先生，因为它，爱丽丝才有了梦游仙境的机会，至于那个男人，是爱丽丝在仙境里最好的朋友，叫疯帽子先生。"

　　"记不住……"奶奶像是有点沮丧。

　　"没关系的，您慢慢看，里面有很多有意思的角色。哪里不懂了，您就叫我。"

　　但一直到影片放映结束后，奶奶才侧头看向身边的江棉。

　　"你这个小姑娘是谁？"

　　"奶奶，我是祁又生的朋友。"江棉再一次回答这个问题的时候，祁又生的目光也再一次追了过来，"我叫江棉。"

　　"哦，想起来了，"奶奶恍然大悟般，"你是我们阿生的女朋友。"

　　"不是的，奶奶……"江棉笑着摇头，"我和他只是朋友。"

　　"啊？不是吗？"奶奶看起来有点失望，但很快她就伸出一只手，指着正在滚动制作名单的大银幕问，"既然你们只是朋友的话——那我刚刚看的那部片子里的人呢？他们在一起了吗？他们总该在一起了吧。"

　　"您是指爱丽丝和疯帽子吗？"见奶奶点了点头，江棉才接着往下说，"没有，奶奶。他们没有在一起，他们也只是朋友。"

　　"为什么？"奶奶似乎不能接受，"电影里的男女主角不应该在一起吗？而且最后我没有看到有人哭或者有人死——所以这应该是喜剧呀，对不对？"

"奶奶，您说得没错。"不是故意附和，江棉是真的觉得奶奶说得对，毕竟同为一部影片的男女主角，怎么好意思没有一些情爱的戏份呢——这未免也太对不起观众手中的票子了。

"可是爱丽丝和疯帽子，他们是……他们是……"江棉在一瞬间想了很多个名词，朋友、伙伴、知己、战友，甚至连灵魂伴侣都有，但就是没有情侣二字，"是对彼此很重要的存在。"

"那他们在一起了吗？"可奶奶的重点永远只有最简单的一个。

"没有。"江棉是看过第二部的，第二部的爱丽丝在与疯帽子并肩作战后依旧回到了她自己的世界，所以，这应该也不算奶奶口中的在一起，"他们一直没有在一起。"

"那这算什么重要嘛。"奶奶皱着眉。

"奶奶。"祁又生静静地开了口，"有没有在一起和重不重要，其实是两码事的。您想，爱丽丝和疯帽子属于两个世界，所以他们对于彼此的意义，是另一个完完整整的世界——这难道还不够重要吗？而且说不定他们已经在一起了，只是不愿意告诉我们呢？"

"原来是这样——"奶奶欣喜地拖长了声音，接着她重新看向江棉，"那你也要和我们阿生在一起吗？"

橙红色的夕阳就这样降临在了人间。

"麻烦你了。"祁又生将车开出影城的地下车库时，才开口向江棉道谢。

"这有什么麻烦的。"江棉声音放得很轻，因为后座上的奶奶已经睡着了，"不仅和奶奶一块看了场好看的电影，而且还免费获赠了一只氢气球——不管怎么算，都是我赚了。"

"我奶奶在退场的时候告诉我她很喜欢你。"祁又生顿了顿，"所以，谢谢。"

"谢什么呀？我也很喜欢奶奶的，而且我们还约好了下次要一块来看迪斯尼电影的首映礼，至于带不带你，就要看奶奶的心情了。"江棉一边笑，一边无意识地拉着蓝色小猫气球的绳子，好像经过一个下午，它有些瘪了，不过没关系，这不影响她此时的愉悦，"对了，你给奶奶解释爱丽丝和疯帽子时我都有些惊讶，我以为男孩子都不喜欢看这种类型的影片。"

"因为我想知道红皇后的头为什么会那么大，但我撑着看完了全场，影片也没有解释。"

"原来你一直皱着眉看电影是在思考这个问题？"

"我有皱眉吗？"祁又生问。

"有。"江棉斩钉截铁，但她很快地反应过来她不该说有的，或者说，她不该这么斩钉截铁地说有的——这难道不就把"我在看电影途中偷看了你"这件事,明晃晃地摆在了台面上吗? 老天爷,你到底什么时候帮我把那根断了的弦重新接上?

江棉听见自己在小小地求饶,但同时她也知道,这份求饶依然让她心情愉悦。

"第二部里解释了,因为红皇后小时候赌气跑出城堡时在路上摔了一跤,正巧撞到了头,之后她和白皇后一起在国民面前戴皇冠……"

"江棉,等等。"祁又生出声打断。

"怎么了?"

江棉一愣,起初她只是以为祁又生介意被剧透,但看到祁又生将眉头皱得越来越紧时,她的心才"咯噔"一声,像是石子沉入湖面。

"怎么了?"她不放心地重复了一遍。

"下车。"

这时江棉才注意到窗外的景象已经变了一番模样,不再是之前她所熟悉的街道和人群,而是一条非常破旧的门面街,因为城市中心的转移,这里的地段价值一跌再跌,最终大部分的门面都已经不再被用来做生意,而是转成了囤货的仓库,只剩那些在半空中毗邻的广告牌,还竭力地解释着它们曾经的热闹和辉煌。

"祁又生,到底怎么了?"江棉追上祁又生的步伐,"为什么要来这个……"

"这里。"祁又生指了指位于他和江棉斜上方的一块五金店广告牌，"在这块广告牌的后面，有一个死人。"

"什么？"江棉用力地盯了一眼那块灰头土脸的广告牌，接着她又很快地将整条街都扫视了一遍。人不多，都是中年男子，有的聚在角落吃晚饭，有的挥着汗在搬货——总之，被祁又生点名的广告牌也好，这条街也好，除了冷清一些之外，没有任何不对劲的地方。

"这里离影城的直线距离其实不远，只是开车过来要绕一些，所以，我刚出地下车库的时候就感受到了一阵断断续续想要传递出尖叫的脑电波——起初我以为是错觉，但越靠近越明显。"祁又生看着江棉，目光沉寂而笃定，"那个人，就在广告牌的后面。"

第十五章
- 金珍 -

"死者名叫金珍，女，二十四周岁，已婚，藤美传媒公司签约模特。"

"真了不起，我还以为我这辈子都接触不到这种职业的人。"可乐咂咂嘴，望着投影机幕布上金珍被放大的脸，很认真地总结，"果然单眼皮的人怎么拍都是国际范儿。"

"葛乐，请你严肃一点。"被打断了发言的陶兮楚脸色有些差，"我们这是在讨论案件。"

"行行行，您接着讲，我们都听着。"

可乐一边做着请的姿势，一边偷偷地朝身边的江棉递了一个搞怪的眼神。

"金珍昨天被发现死于城北紫金路 244 号的二楼平台上，大家仔细看一下这张现场图片。"陶兮楚连击鼠标的声音在重新安静下来的会议室中非常清脆，"大家看，这栋楼是非常老旧的款式，只有三层，在过去的十几年中，大家一般都会选择一层或二层来开店做生意，剩下的是老板自住。金珍就死在二楼窗户外的平台上，根据我们初步调查，发现金珍与其丈夫陈——"

"等等，小陶。"这次出声打断陶兮楚的人是陈副队，"这个死者是谁发现的？"

"是路过群众打电话过来报案的，是个男的，声音听起来比较年轻，没有留名字。"

"仅仅只是一个路过的群众吗？"陈副队疑惑地皱起了眉头，"根据你们现在所收集到的资料来看，244 号这一整栋楼都是五金店老板的，一二楼做他的私人仓库，三楼租给死者和死者的丈夫。如果只是一个路过群众，他要怎么发现死者？"

陈副队拿起手中的笔朝着幕布上的图片隔空摆了几下。

"二楼平台的最外面竖了那么大一个广告牌，几乎把一整片平台都遮了起来，而且广告牌上也没有血迹。所以，除了二楼和三楼能看到死者外，其他的地方或者角度，应该都是看不见的。"

"说不定是 244 号的邻居？"杨禾风略显小心地接过了话，"那条街所有楼房的构造都是一样的，所以也许是报案人站在自家的二楼或者三楼上看见了死者。"

"我觉得可能性不大。"陶兮楚摇头，"那条街除了搬货的时候会出现一些卡车和人外，其余时间都很荒凉，要不是死者——我甚至不知道现在还有人真的住在那里。"

"都是模特了，为什么还要住在那么跌价的地方？"可乐今天大概是和模特这个职业较上劲了，"现在当模特这么穷？她不是还有老公吗？老公不应该是富商之类的吗？"

"可乐姐，不是这样的。"杨禾风又开始回答，"死者的丈夫叫陈柏，只是一名普通的卡车司机，昨天接到我们电话的时候还在外省送货，压根不知道他老婆已经——唉，他说他一回来就会跟我们联系的。"

"不过，有一点我觉得很奇怪。"随着疑惑的出现，杨禾风下意识地挠了挠后脑勺，"他们既然租那么偏僻的老房子，可能就是因为没钱，可既然没钱，为什么又要重新装修，重新买家具呢？昨天房东来看的时候都吓坏了，他说他租出去的明明是一个什么都没有的空房子——而且，死者家中那套沙发我之前在陪我伯母逛家具城的时候看到过，打完折都要两万九。"

"噢，我的天！"

"对不起，陈副队。"可乐滑稽的感叹还没有抒发完，就被陶兮楚生硬的道歉给盖了过去，"当时接到电话的时候只想着命案必须尽快出警，所以忽视了报案人这个问题。我马上派人去查他的号码。"

"不必，不必了。"陈副队很宽容地摆了摆手，"要真是在街道上走着走着就能知道广告牌后有死者的人，要么已经将报警的那张电话卡丢了，要么用的就是公共电话亭的电话。"

江棉的手在长条办公桌下胡乱地握紧，祁又生报警的时候，的确用的是公共电话亭的电话。

出于警察的本能，当时的江棉几乎是下意识地就要拨电话给队里，但祁又生将她拦了下来，他说这种事她来做不方便，到时候解释起来会很麻烦。果然，祁又生想得周到又妥帖。

"行了，你们刚讲到哪里了，接着——等等。"陈副队突然将脸转向了斜下方的江棉，"江棉，在开会之前我好像听说，这个死者，也就是金珍，她是你高中同班同学？"

"对。金珍是我高一到高三的同班同学。"尽管这个突然的点名让江棉惊得像只被踩了尾巴的猫，但她还是竭力维持住了面部的正常表情，"不光是她，她的丈夫陈柏也是我的同班同学。"

"啧，没意思。"可乐嗤之以鼻，因为她近几年收到的结婚请柬里，很多新人是彼此曾经的同班同学，下到幼儿园上到大学，总之，层出不穷。

"这样的人生也太无聊了吧？以前一块上课、下课，现在一块吃饭、睡觉。他们念书的时候肯定想不到自己未来的另一半其实就在眼前瞎转悠。"

"可乐姐，你怎么会觉得这样无聊呢？"杨禾风一副据理力争的样子，"难道你不觉得这样既可靠又浪漫吗？就像之前网上说的那样，从校服到婚纱——"

"杨禾风，你果然是个小屁孩。"可乐忍无可忍地翻了一个白眼，她发誓要不是现在正在开会，她一定要上手推一把杨禾风的头，"以后少看点非主流的东西。"

"这怎么就非主流了……"

"好了，好了。"一个年纪稍微大些的同事哭笑不得地拍了拍桌子，"你们俩消停一下，陈副队问的是江棉哪，你俩倒是在这里开起了辩论赛。"

"既然是同班同学，那为什么金珍比你和陈柏都要大一年？"陈副队喝了一口瓷杯里的浓茶，"你把你觉得有用的或者印象深刻的，都拿出来说说，也许哪条就对案子起了作用。"

"因为金珍是孤儿。"这句话一出口，江棉就明显地感觉到会议室里的气氛凝固了，虽然只有一两秒，但也足够了。一两秒，足够她将那个十六岁的金珍，完完整整地想起了。

"金珍所在的孤儿院经济能力有限，所以每年都有到了学龄却要被迫推迟入学的人，她就是其中一个。不过，只推迟了一年，算很幸运的了——这句话是她的原话。"

"你怎么知道得那么清楚？"发问者是陶兮楚。

江棉微微一笑："那时候我是班长，负责全班的学籍卡和户籍资料表，上面那些都是她自己和我说的。我觉得她很特别，只是我也没有想到过了这么多年，我还记得这么清楚。"

"那她和陈柏在高中就有关系吗？"陈副队看着江棉。

"有。"江棉用力地点点头，"刚进高中的金珍很内向，加上总有人嘲笑她是非洲来的长颈鹿，所以她变得越来越内向，甚至到了有些自卑的程度。"

"非洲长颈鹿……"杨禾风困惑地盯着幕布上的金珍，"为什么要这么叫她？她明明很有超模范儿。"

"我们那个时候谁会知道什么叫超模范儿？"

江棉无奈地笑了，其实陶兮楚刚刚的问题，她回答得不够完整。

为什么她会把金珍的事情记得那么清楚，除开金珍的确有些特别之外，更重要的大概是受排挤者之间的惺惺相惜，不过金珍受的排挤在明，她受的在暗罢了。

"金珍刚进高中的时候就已经很高了，大概有一米七五，这让她像个异类，而且她又瘦又黑，孤儿院也没有那么多套合身的衣服可以给她穿，所以，那些欺负她的人就这么喊她。"

"那这个案子我必须好好上心了。"可乐恨恨地吐出一口气，"我高中时候的外号叫非洲大野猪——多多少少能和金珍跨越种族交个地域朋友。"

"陈柏和金珍应该是高一的暑假决定在一起的。"江棉努力地回忆着那一天班上的骚动和寂静，"因为高二开学的第一天，金珍和陈柏就是牵着手到教室里来的，而且陈柏还把位置换到了最后一排，要跟金珍坐同桌。"

"这么酷！"杨禾风惊叹，"老师们都不管的吗？这可是人人喊打的早恋。"

"睁一只眼闭一只眼吧。因为陈柏家里很有钱，我们学校的食堂和女生宿舍楼，都是他爸爸出资建造的，所以老师们都不太逆着陈柏来，连带着好像对金珍都客气了起来。"

江棉接着说："可是陈柏家里的生意在我们高三的时候出了问题，撑了一会儿还是没有撑下去，他就和金珍一块退学走了。我一直以为他们出国了或者去了别的城市，可我没有想到他们竟然留在了本地，时隔多年，再见却变成……"

江棉顿了顿，强迫自己把伤感的话语和情绪转换成另一个话题："瘦死的骆驼比马大。所以，哪怕他们变成了一个卡车司机和一个不出名的模特，哪怕他们住在最廉价的出租屋里，可买一套两万九的沙发，说不定也不算太难的事。"

"江棉。"一直沉默着的一位同事，在此时静静地开了口，"你刚刚说你以为他们出国了，或者去了别的城市，为什么你就不会认为他们分手了呢？他们的感情有这么好？"

"我不知道怎么形容。"江棉有些不好意思地笑了一下，"我记得有一次下了第八节课后，大家都出去吃饭了，我留在教室里给大家发晚自习要写的卷子，发到金珍的座位上时我才发现她没有去吃饭，陈柏也不在她身边。她的眼睛很红，像是哭过了。我不知道该怎么安慰她，所以我就把我桌兜里的泡面给了她，叫她不要饿肚子。她愣愣地接过去，然后望着我，跟我说：'你知道吗，江棉，我和陈柏在一起这么久，他连泡面外层的塑料都没有让我自己拆过。'"

"所以你不仅丢了一桶面，还受到了一万点恩爱暴击吗？"可乐无比同情。

"也不是。"江棉觉得更重要的其实在接下来她要说的话里，"我当时也愣了，不知道要接什么话才好，就在我想来想去也想不出个所以然的时候，金珍突然告诉我，陈柏家里的生意出现了大问题——我想我应该算我们班第一个知道这件事情的人。然后，她非常认真地看着我，就好像我是陈柏一样，她的语气特别诚恳，就像是在发誓，她说如果陈柏发生什么意外，她一定毫不犹豫地追随。果然，不久之后，他们就一块退学了。"

"这就是爱情嘛！"可乐心满意足地做了一个总结。

"你们这个会怎么开了这么久？"

有人推开会议室的门走了进来，并将手中的文件夹放在了桌上。

"多听一些死者的故事才好破案嘛，反正我不太相信是金珍自己不慎从三楼小阳台上跌下去的，她又不是三岁儿童。而且，三楼的阳台到二楼的平台一共才多高？哪够摔死一个人？"陈副队懒洋洋地朝来者打了一个哈欠，"你说呢，刘法医？"

222-

　　"她本来就不是摔死的。"刘法医将文件夹翻开，"她心脏不好。她是由于跌落在半空中给她带来的刺激过大，导致心脏瞬间负荷不了而死的。"

　　"她心脏不好？"陈副队愣了一下，随即看向江棉。

　　"我不知道。"江棉也愣了一下，"以前我们班体检的时候，我记得没有哪个人有问题。"

　　"她的心脏本来应该是没什么问题的，但因为她体质比一般人差一些，估计是模特吃得少，再加上她长期大量服用抗抑郁药物，这才导致她的心脏出现了一些毛病。"

　　接着，刘法医又像是想起了什么似的，皱着眉问："死者的老公呢？还没来吗？"

　　"哪有这么快。"杨禾风回话，"昨天给他打电话的时候他还开着卡车在外省送货。"

　　"等他到了，你们得好好问问他。"刘法医语气微妙，"死者生前有好几份骨折病历记录。"

　　"所以呢？"可乐不明所以，"这跟人家老公有什么关系？"

　　"葛大小姐，你知道我们法医是可以从骨折的片子中看出患者当时是怎么骨折的吗？"

　　"废话，不然咱们队里要你干……"

　　"刘法医。"江棉的声音静静地插了进来，"你的意思是说，金珍生前遭受过家暴？"

在刘法医点头的那个瞬间里，可乐也为了她刚刚才总结出来的爱情而夸张地提高了音量："怎么可能？他们俩不是……"

"可乐你安静一点！"陶兮楚是真的急了，甚至都忘了将可乐转换成葛乐。

"我认为不只是遭受'过'。"刘法医顿了顿，"死者的身上有很多处青紫和已经结成了痂的伤痕，还有一些从外观来看不太明显的软组织挫伤，并且在死者的指甲缝中，我们找到了属于另外一个人的皮屑。所以，就算皮屑是在正常接触中留下来的，我们也可以依照死者身上的新伤旧伤推断出，死者在生前遭受了长期家暴。我之前也说过，死者长期服用大量的抗抑郁药物。所以，我这个推断有点靠谱，不是吗？"

第十六章
-陈柏-

再次见到陈柏，江棉没有想到他完完全全变了副模样。

就算少年时期的陈柏也称不上俊美无双或是玉树临风，但江棉也曾在厕所的隔间内无意中听到过女生们偷偷讨论他的声音，她认得那个最向往的声音，是隔壁班的语文课代表——

"你们等着吧，陈柏虽然现在不是最好看的男孩子，但等到他二十岁、三十岁的时候，他一定好看得不得了。他是那种需要时间来沉淀的好看，你们懂吗？你们这群俗人！"

你错了。在江棉看到陈柏站在走廊尽头不断张望的样子时，她轻轻地告诉当年那个语文课代表，她错了。谁都是俗人，谁都经不起那层时间的沉淀。

十六岁的陈柏才是最好看的，至少——比眼前这个二十来岁的陈柏看起来得体得多。

"江班长，原来真的是你。我还以为我这几天没睡，看走了眼。"

陈柏连着开了四十多个小时的卡车，眼睛里早已经布满血丝，嘴边也冒出了一圈青色的胡楂。他有些紧张地看着曾经的老同学，悬在半空中的双手不知道该摆成什么姿势才对。

"我……我接到了公安局的电话，说要我到六楼来找刑警二队，我该找谁？"

"找我就可以了。"江棉俯下身子，在走廊的饮水机前给陈柏接了一杯水。她知道他肯定是没有心情喝水的，但她得找点什么正当的事来转移自己的目光。

陈柏发胖了，以前将校服穿得空荡荡的少年现在已经变成了一个肚腩突出的社会青年。不管是他油腻的头发，还是黑色外套肩上的白色皮屑，或者是他整个人，都给了江棉一种他仍在高速路上奔波的感觉——就算焦躁不安，就算疲惫不堪，也无法停下。

生活就是这样，总能让人过得比想象中更艰辛。

"喝点吧，我们进办公室慢慢谈，这几天你肯定没有休息好。"江棉将水杯递给了陈柏，"要不要我给你点个外卖？"

"金珍……"陈柏如坐针毡，面色比刚刚在走廊中还要拘谨，接着，他像是鼓足了勇气似的才开口问江棉，"金珍在哪里？我能看看她吗？"

"当然，你是她的丈夫。"江棉笑了笑。

她本来想开口安慰几句陈柏的，但最终还是咽了回去。

就算陈柏已不复当年般意气潇洒，就算她看出了他此时的恐慌与绝望，她也无法用几句"别怕""生活仍会继续"或者"总会习惯的"之类的话将他彻底曝晒在阳光底下。毕竟不管生活变成多糟糕的模样，人总是要靠着尊严才得以存活——哪怕脆弱如朝露，那也是尊严。

"她在这里吗？"陈柏这时才真的确定，自己的膝盖一直在发抖。

"不在。法医做完鉴定之后，我们把她送去殡仪馆了。"

说到这里，江棉下意识地看了下手机，在送金珍过去之前，她就已经拜托过祁又生了——如果金珍愿意和他说些什么的话。

"为什么？为什么要把她送去那里？"陈柏仰着头，十分不解的样子。

"因为殡仪馆的环境比较好，保存得更专业一点，而且我们都以为你最早也要明天下午才能赶回来。"

"谢谢。"陈柏如梦初醒似的将视线收了回来，"那我现在去看她。"

"好。"江棉也随之站了起来，"看完金珍之后，我再联系你过来。"

"我还要再来这里吗？"

"要。金珍的案子现在暂时排除了他杀可能，死亡原因是她自己不小心翻过了小阳台，摔到了二楼，但是……"江棉轻轻地皱了皱眉，"但是你作为她法律上，也是现实生活里唯一的亲人，我们还是准备了一些话要问你。你不用紧张，当作普通聊天就行。"

"既然如此，那你们先问了，我再过去吧。"

陈柏笑了一下，没记错的话，这是他从进公安局到现在，露出的第一个，也是唯一一个笑脸。

江棉被这个笑脸恍惚了一下，有那么一瞬间，她甚至以为她看到了当年的陈柏。

"不然我心里放不下这事，总感觉不踏实。金珍她……她也不喜欢我这样。"

可乐很用力地盯了桌子对面的陈柏一眼。

她以为，活在爱情里的男人不一定都有着万人迷的脸孔，但一定是精气神饱满，并且笑容舒缓的，可是眼前这个男人要怎么形容呢——双眼凹陷、目光迟缓、佝偻着身子，从头到脚都散发着一种已经被击垮但又不敢彻底碎裂开来的僵硬。

半响，可乐才开口："你和我想象中长得不太一样。"

陈柏一愣，不知道该接什么话，直到江棉再次给他递过来一杯水的时候，他才从这份不知所措中解放出来，于是他感激似的朝江棉又笑了一下。

"金珍的死亡时间是 9 月 11 号下午两点半左右。"可乐将文件夹推到了陈柏手边，"这里是金珍的尸检报告，还有一些我们当时拍摄的现场照片，你看看。"

陈柏的手静静地覆盖在了文件夹之上，良久都没有进行下一步的动作。

他眉头紧皱，眼底像是有什么东西正在隐忍不发地蓄着力，但最终他还是将手拿开了，他把文件夹重新推回原处，摇了摇头。江棉知道，在刚刚那场专属于他的博弈中，他输了。

"这种东西我还是不看了，你们……你们是专业的，肯定不会有错。"

"我说你这个人怎么这么奇怪——"其实可乐本来是想说窝囊的，但转念一想，他毕竟是江棉的同学，再一想，毕竟前天的自己还在为他的爱情所感动。而且"窝囊"这个词对于男人来说，有些太狠了，"给你看不是要你来纠错检查的，虽然也没有强制死者家属必须过目这一说，但是你不觉得这是你应该要做的事情吗？"

"我只是有点搞不清楚状况。"陈柏很苦涩地笑了一下，"我走的时候她还好好的，她说她会好好吃饭、好好睡觉、好好等我回来，我也答应了她要给她带礼物。我去送货的地方有一家很好吃的芝麻丸子，我打算买这个给她。可就在我卸完货准备歇一会儿就去给她买丸子的时候，你们的电话打来了。你们告诉我她死了。可是这怎么……是怎么一回事呢？她难道不是应该好好地在家里……"

他没头没脑地停顿了好一会儿，仿佛这么久过去，他还是需要时间来好好消化一下。

"我在回来的路上脑子里一片空白，我什么也想不起来，我只知道我手心里全是汗。我好几天没有合过眼了，但我不困，我到现在都没有办法相信她已经……"陈柏心里一惊，他甚至连"死了"这两个字都说不出口。

"我以为我赶回来之后就能看到她的人，所以我问她在哪里，所以我问你们为什么要把她送去殡仪馆……对不起。"他认真地道着歉，"是我没有搞清状况。"

"我们是六点左右赶到的现场，然后金珍她就躺在——躺在二楼的水泥平台上。"

对于江棉来说，要将这件事完整客观地叙述出来，其实也非常艰难。

"她穿着家居服、素颜、光着脚，不远处还有一根晾衣杆，从晾衣杆的颜色和质地来看，和你们家的衣架是一套。然后，我们就去了你们家的阳台，发现了一张椅子，椅子旁是她的拖鞋，还有洗衣机里一筒脱水完毕的衣服。于是，我们初步推论，金珍也许是想先把阳台上已经晒干的衣服收进来之后，再来晒洗衣机里的衣服,可是晾衣杆掉了下去，所以她就只好踩着椅子去收衣服,然后不慎跌到了二楼，导致心脏受到过分刺激而死亡。"

陈柏静静地看着江棉，没有说话。

"但是仔细一想，又有很多疑点。"江棉顿了顿，"金珍是模特，从资料上来看，净身高是一米七八，所以如果她要踩着椅子徒手收衣服，那么根本就不需要搬一把那么高的椅子，而且你家也有矮一些的椅子。再者，人在毫无准备往下跌落的瞬间里，肯定会出自本能地去抓一些东西。我们让和金珍身高差不多的同事也踩上了那把椅子，完全能够抓住那根晾衣绳的，再不济，她也应该能抓到一些衣服之类的，可是晾衣绳上的衣服都非常整洁，完全没有扯乱或者扯坏的痕迹。"

"所以……"陈柏的手紧紧攥成拳头，像是正在忍受着极大的痛苦，"是什么意思？"

"我们怀疑死者有很大的可能性是自杀。"可乐问，"你是什么时候出去送货的？"

"10 号中午，接到公司的派遣电话之后就出发了。午饭都是去仓库领货时吃的盒饭。"

"你走的时候死者的情绪怎么样？或者说，她最近这阵子的情绪怎么样？"

"这……又是什么意思？"陈柏不解地看着可乐。

可乐似乎冷笑了一下："死者生前的病历记录上连伤风感冒

这种小病小痛都有记载，可为什么唯独没有抑郁症？保守估计，她得抑郁症至少已经有三年了。"

陈柏的脸色唰地变得惨白。

"还有，这份你不肯看的尸检报告上显示，死者的身上到处都是新旧不一的伤痕和伤疤，烟蒂烫的、尖锐物划的——应有尽有。"可乐穷追猛打，"除了你的长期家暴之外，你还可以给出其他理由来解释吗？"

陈柏沉默了。

在这片深不见底的寂静中，江棉像是握住救命稻草一般握住了她手里那支根本没有旋开笔盖的钢笔。她在心中不断地祈祷着下一秒的陈柏就会激动地站起来摇头否认，或者将水杯扔到地上来表达他的愤怒和冤枉，甚至她都可以容忍他用力地拍着桌子来呵斥警方这个不靠谱的猜测——她都可以，她都愿意看见，却唯独不愿意看见他垂着头，一言不发。

难道当年那个毫不犹豫追随他的金珍，真的在生前遭受过这些残忍的暴力，以至于要选择自杀这种决绝的方式来与人世告别吗？

不，说什么江棉都不愿意相信——可偏偏当事人，什么都不说。

"陈柏。"江棉听见自己的声音非常干涩，"如果的确是因为你的家暴而导致……"

"不。"谢天谢地，陈柏说话了，而且还是一个否定句的开头，"我没有家暴过她。"

接着，他抬起眼睛，像是有些羞赧地看着江棉和可乐。

他说："不过她的确患有严重的抑郁症，大概是……是从2012年底开始。"

"2012年？就是你们俩……"江棉顿了顿，揭人伤疤不是她的作风，"退学的那一年。"

"是的。其实你完全不用不好意思说，2012年就是我家公司出事的那一年。"

陈柏甚至还笑了笑，哪怕现在所提的正是他人生中最黑暗的一段岁月。

"法院的判决下来之后，我家的房子、车子、地皮……反正稍微值钱一点的东西，都不是我家的了。于是，我就在那个夏天里，变成了一个很穷的倒霉蛋。祸不单行，我爸在之后生了很严重的病，但我们没有钱，也借不到。我坚持退学，就是想去挣钱给我爸治病，但我连一个像样的高中毕业证都没有，所以除了去工地上搬砖或者去酒店里洗碗，根本找不到别的工作。"

"那金珍呢？"江棉问，"你不是带着她一块退学走了吗？"

"你看——你们都以为是我'带着'她退学走的。其实不是这样的，那几个月里我一直瞒着她不让她发现我有退学的打算，毕竟她成绩不差，考个二本不成问题。可我没想到我不仅没有蒙住她，反而还被她给骗了。"陈柏的眼神变得稍微生动了一点，"当我和她的退学申请表一起出现在教务处的时候，我特别惊讶。也就是那天我才告诉她我家的情况到底惨到了一个什么地步，然后她当天下午就从孤儿院搬出来了。"

"舍弃学业和几乎是家的孤儿院……"可乐感叹着，"她一定下了很大的决心。"

"然后我、我爸，还有金珍，三个人就挤在租来的小房子中。金珍很瘦，没有什么力气，所以她除了洗碗，做得最多的就是迎宾。大概是在秋转冬的那几天里，她告诉我，她被一个传媒公司看上了，签了实习模特的约，等转正之后，就能拿到更多的钱。当时我们都特别高兴，以为看到给我爸治病的希望了，可没有想到……"陈柏整个人都落寞了下来，"那是毁灭她的开始。"

"我以前以为模特就是站在那里拍拍照，或者去台上走两步，可直到金珍开始进入正规训练之后，我才知道模特这活儿有多不容易。"

陈柏的眉头皱了起来："她一米七八，一百零八斤，已经是一把骨头了，可是她的老师骂她'胖得跟一头猪似的'，饮食严格控制到连水都不能多喝，每天穿着十五厘米以上的高跟鞋训练十个小时。那时我总看见她的小腿有很多细长的青紫印，我问她怎么回事，她说是老师用小竹鞭抽的，因为她入门太迟没有基础，台步总走不成直线。

　　"我看着心疼，好多次劝她不要干了。可是她不愿意，一是我们赔不起公司的违约金，二是我爸的病已经越来越严重了，她想快点转正拿到多一点的工资和提成。但我爸……还是没能等到那一天。"

　　陈柏的手，非常用力地捏了一下自己的大腿："她觉得这一切都是她的错，我怎么安慰都没用……对我爸的愧疚和工作上的压力轮番折磨着她，她就有些扛不住了。"

　　"她去看过医生吗？"江棉问。

　　"看过，去看过那种不需要记载进病历记录的私人诊所。"陈柏解释，"她不肯去正规的医院，因为他们公司有过模特抑郁自杀的先例，给公司造成了很坏的影响，所以一旦被发现的话，就会立即解约。那时她已经转正了，收入可观，发展前景也不错……"

　　"陈柏。"江棉看着对面的人，"你们家庭的主要收入是不是来源于金珍？"

　　闻言，陈柏的手握得更紧了，接着他非常钝重地点了一下头。

　　"可是我听说抑郁症这玩意儿很玄乎的，焦躁失眠、低落心慌、头晕头痛、想哭想闹之类的啥都有。"可乐一边叹气，一边摇头，"难道她的工作就没有受到影响吗？"

　　"一开始的时候她还能用加倍的药量来控制，但是到了后面……"陈柏做了一个深呼吸，语调也放慢了些许，"她吃多少

药都控制不住了，抑郁症本身的情绪表现再加上之前那些药物带
来的副作用，她……"

"所以她身上那些伤……"江棉不得不开始往那方面猜测，"是
她自己弄的？"

"不全是。"陈柏顿了顿，"她从今年 2 月份开始，整个人
就已经到了一种几近崩溃的状态。所以，她跟公司请了一年的长假，
我们也从市中心搬到了相对安静的紫金路来休养。你们想象不到
有多糟糕，她变得很暴躁，每天都会冲我大哭大闹，不管拿到什么
东西都会往地上砸，发疯似的要破坏一切，但是渐渐地，她不
再满足于朝东西发泄的程度，她开始追求——也就是所谓的自残。"

"天哪！"可乐倒吸一口凉气，声音很小，"这造的什么孽。"

"她用烟蒂烫自己，用所有可以割破皮肤的东西不要命地划
自己，经常性绝食，还喜欢把自己整个埋进装满水的浴缸中，或
者躲进衣柜角落里故意长时间地屏住呼吸……"

回忆得越多，陈柏脸上的痛苦也越明显："我只能寸步不离
地守着她，在她伤害自己时去阻止她。不过，她也会反过来咬我、
打我、踢我或者是挠我，所以，为了尽快地彻底制住她，我有时
候就把握不好力度了……"

"可现在死无对证，你要怎么证明你刚刚说的是事实？"可
乐一脸严肃，"你得明白，光靠着死者的抑郁症和自残倾向，是

帮不到你的。"

"我不是……不是很清楚要怎么证明。"在一片寂静中，陈柏有些局促地将外套脱了下来，"我两只手臂上都有一些她留下来的印记，有的是被咬的，有的是指甲挠的，这个可以吗？如果这个不行的话，我也没别的办法了，我只是一个普通人，从来没想过发生过的事要被证明之后才能算数，我没有这方面的经验。"

他垂下眼睛，盯着自己伤痕累累的手臂。

"她跟了我这么多年，受了这么多的苦，可我第一件要去证明的事情竟然是这个……就像是急着和她撇清关系似的，我……我配不上她。"

"只有最后几个问题了，陈柏。"江棉清了清嗓子，将沉浸在黯然中的陈柏给拉了出来。

"既然金珍病得这么严重，你是怎么放心出去工作的？"

"没有办法，我必须出去工作。"陈柏回过神，声音也在此时透出了一丝丝疲惫，"之前我也说了，主要收入是靠她，但我们一直以来没有存款。因为模特收入虽然高，可开销也很大，同时还得负担那些昂贵的抗抑郁药——特别是在她决定请假休养，又将出租屋重新装修了一遍之后，我们差不多没钱了。但生活还得继续，她的药物治疗也不能停。所以，我一直没有停过接市内或者周边的短途单。我出去的时候，就把她……绑在椅子上。"

"那这次呢？"江棉追问，"你明知道她可能会自残，甚至会做一些更出格的事情，为什么还要出省？”

"从 5 月份开始，金珍的病情就有所好转。从每天要闹一场的频率降到了一个星期闹两到三场，如果那个星期她睡得比较好，那么就只有一到两场。到了最近，基本就稳定在了十天半个月闹一场——所以我也是从 5 月份之后才开始接长途单的，10 号这一单也不是我接的第一个长途单。"

陈柏接着说："前几次出门我都特别不放心，还请了护工来帮忙照看，但护工都跟我反映金珍很听话，他们甚至觉得金珍压根就没有生病。所以，后来我也开始试着放她一个人在家，毕竟这个病总要被治好，她也总要回归社会的。"

"你这样做，会不会有点太过冒险？"可乐有意无意地皱起了眉头。

"我有一个专门记录她病发日和正常日的本子……"

"可是这不是有规律可循的数字游戏。"可乐打断了陈柏，"你得有科学依据才行。"

"科学依据？"陈柏的语气也随之硬了一点，"你们所说的科学依据是医生吗？所有的医生都告诉我'视情况而定''得靠患者的主观情绪来调解''会有一定的起伏和变化'——这样的科学依据，对我和金珍每天都必须硬着头皮往下过的日子来说，有什么用？"

"但这也不是……"

"好了，可乐，我来问。"江棉深吸了一口气，继而又将眼光转向了陈柏，"陈柏，所以你的意思是，10 号那天是你所推算出的金珍正常日，是吗？"

"对。"陈柏无力地点了点头。

"你刚才也说了你后来开始试着放金珍一个人在家，你试了多少次？有出过事吗？"

"七次。三次长途，四次短途，短途也没有将她绑在椅子上。"陈柏突然笑了笑，眼底泛起了一层很脆弱的怀念，"没有出过任何事。我还记得第一次跑完长途回家，她炖了板栗鸡汤在等我，汤很香，她穿了一条淡紫色的连衣裙，很漂亮。"

江棉把陈柏送出公安局大门的时候，一路上踩到了好多片黄绿相间的落叶。

她想，秋天终于来了。

"江警官，其实我还有个事情想请你帮忙。"陈柏有点为难地开了口，"我这人比较粗心，脑子也不是很好使，所以追悼会上的各种细节我怕是会……"

"知道了。"江棉一口答应，并且还伸手宽慰似的拍了拍陈柏的手臂，"你提前告诉我时间，我们一起商量。看，车来了。"

直到那辆载着陈柏通往殡仪馆的公交车彻底消失在街角的时候，江棉才收回眼神。

她站在带着些许凉意的风里，声音轻得像是在自言自语。

她说，节哀。

接着，她才后知后觉地想起好像刚刚口袋里的手机振动了一下。

"金珍什么也没说。"

发件人，阿生。

第十七章
− 陈柏和金珍 −

陈柏仰起头："帮你点了牛奶咖啡，热的。"

"谢谢。"江棉一边落座，一边将头发甩去肩后。

在发尾飞起来的那瞬间，陈柏好像又隐隐约约地听到了窗外的呜呜风声。

"这个降温实在是来得太突然了。"

牛奶咖啡的香甜直钻江棉的鼻间，但这也无法解释眼下诡异的天气。

"明明昨天还在穿短袖，今天出门的时候我妈就非塞给我一件外套。不过，你为什么要选在这里？"

"这里难道不好吗？"休息了几天之后，陈柏的气色明显好多了，人也感觉硬朗了一些，"你尝尝这杯牛奶咖啡，我猜它肯定不是我们以前念书时候的味道了。"

"比以前的甜多了。"江棉放下杯子，甜腻的奶味让她莫名地尝到了一点腥气，"像是放了无数粒咖啡糖的甜牛奶。"

陈柏对江棉的评语不置可否。

过了好一会儿，他才把眼神从自己杯底的那袋茶包上移开，他笑着说："我选在这里，是因为这是我和金珍确定关系后第一次来约会的地方。"

"看来我们当时那个教导主任说得对，抓早恋，就要从学校周围的奶茶店抓起。"

"当时……"陈柏顿了顿，"那个'当时'多好，除了花钱和谈恋爱之外，我什么也不用干。"

"陈柏，人总是要往前看的。"

"所以我选在这个地方和金珍进行第一步的告别。既是起点，又是终点，一个圆，比较有意义。"陈柏将殡仪馆的宣传手册递到了江棉的手边。

"我真的是这几天里才发现原来殡仪馆已经经营得像个现代企业了，而我呢，还只知道埋着头开车送货。"他自嘲。

"悼念会的日子，你选好了吗？"江棉问。

"9 月 19 号。"陈柏像是很牵强地笑了一下，"本来是想定在 9 月 28 号的，因为金珍的幸运数字是'28'，但是殡仪馆的工作人员提醒我注意尸体的保存时长——所以退一步，'9'加上'19'，也是'28'。"

"那也是好日子。"

江棉在目录检索那一页中,第一眼看到的就是入殓师介绍。

可就在她准备翻过去看看官方是如何介绍祁又生时,一阵莫名的眩晕却突然找上了她,紧接着,两边的太阳穴也突突地疼了起来,连带着脑子都变得昏昏沉沉。

一连串的反应几乎耗尽了江棉用来翻页的力气,于是她只好任由宣传册停留在目录检索这毫无意义的一章。

"怎么了?"陈柏好像有点紧张,"你是不是哪里不舒服?"

"没,没有。"江棉费力地摇了摇头。

天旋地转间,她觉得自己的头部仿佛变成了一个铁皮盒子,而自己的脑仁则变成了一个填不满铁皮盒子的巧克力豆,巧克力豆摇摇摆摆,游刃有余地撞击着盒子的各个角落,弄得她又脆又疼。

"大概是昨晚上陪我妈妈画画陪到太晚了,所以现在有点晕。"

"原来是这样。"陈柏笑着点点头,"那我们接下来确定什么?悼念大厅还是丧葬司仪?"

"接下来……"

接下来是什么,江棉不知道了。

她只知道在沉重的倦意排山倒海般朝她袭来时,她只想闭上眼睛,好好地睡上一觉。

倦意过后的第一个感觉，就是疼。

但这种疼和倦意到来之前的那种疼是不一样的，之前的疼是突然出现，并且无比剧烈和尖锐的，就像是震耳的鼓点。而现在的疼，是一种非常绵延、酸胀和拉扯的疼，如果非要和鼓点对应比较的话，那么它大概是一把快要拉断的琴身。

江棉轻轻皱着眉，小心翼翼地活动了一下四肢的关节处。

果不其然，她感受到了麻绳的粗粝和自己僵硬的身体。

然后，她睁开眼，毫不意外地看到了陈柏。

他坐在不远处，正在抽着烟，那样流畅的姿势和分明的侧脸，让江棉觉得前几天见到的陈柏和眼前这个陈柏，根本就不是同一个人。

"醒了？"陈柏感受到视线便回了头。

他看着江棉，将抽了一大半的烟直接丢在了地上，也许是橙红色的烟头在漆黑的室内有些过分耀眼了，他在下一秒就用脚狠狠地踩灭了它。

"陈柏。"嗓子的喑哑程度让江棉自己都有些意外，她刚刚甚至以为是另一个人说出了她本来要说的话，"你要干什么？"

"我不干什么。"陈柏走了过来，居高临下地望着在椅子上动弹不得的江棉。

他微笑："要不要我给你绑松点？你不用紧张，我只是想和你打个商量而已。"

"不可能。"

江棉不动声色地打量了一遍周围的环境，房子不大，中等偏高，不远处停着一辆大卡车，应该是陈柏放置卡车的私人车库。光线不好，睁眼的一瞬间甚至有些分不清白天黑夜，而且这里平常肯定没有什么人来，因为空气中满是灰尘和生涩的味道。

还有，江棉发现自己的皮包和手机一块被扔在了离自己至少十步远的地方。

"你说什么？"陈柏仍旧保持着微笑。

"我说不可能。"江棉毫不畏惧地盯着他，但因为角度原因，她不得不将自己酸痛无比的脖子无限度地往后仰，直到她可以看到他全部的脸为止。

也就是在这一刻，江棉才后知后觉，就算陈柏的相貌、气质再怎么变，他的鼻梁也依旧笔挺如初。

"在金珍受害这件事上，我说什么都不会退步。"

陈柏冷笑，眼睛深处的凋零一闪而过。

"你是从哪句话开始怀疑我的？你那个同事，可是什么都没有发现。"

"这跟你说了哪些话，或者我同事的反应，都没有关系。"江棉用了很大的力气才将那股涌到她喉咙口的悲凉给吞下去，"高二下学期的时候，我们换了一个生物老师，金珍跟我说过她很喜欢这个老师，特别是这个老师送给班里的那几盆绿植，你也没忘吧？那几盆绿植一直都是金珍在打理，你还开玩笑，要我给她封一个'绿植委员'。她一边笑着打你，一边跟我说，以后就算是住在沙漠里，也要养一堆绿植。"

江棉正视着陈柏："陈柏，你们的租房里有许多绿植，客厅有，餐厅有，卧室有，过道也有，它们都被金珍照顾得特别好——你别这么看我，阳台上的兰花盆里有几个烟蒂，牌子就是你刚刚在抽的那种，退一步来假设，她跟你抽同样的烟，但我相信，她一定舍不得朝里面扔烟蒂。"

江棉笑了笑："我不知道金珍的抑郁症是不是真的有你说的那么严重，但我觉得，一个抑郁到要以自杀来寻求解脱的人，是根本不会认真照顾那么多植物的。而且你为了证明自己没有把金珍置于一个危险的境地，也说过她的病情已经有了大幅度的好转，所以，陈柏——"她以一种非常凛冽的眼神看着他，"金珍她，一定死于他杀。"

"江班长。"陈柏自己也意外，都到这个时候了，他竟然还喊她班长，"你明明都已经笃定我就是凶手了，为什么还要装作一副无限留白的样子？"

"因为我不愿意相信。"江棉深深地吸了一口气。

"我这几天试想了很多种可能，也问过很多人。因为金珍性格内向，所以她在公司人缘一般，但也没有哪个同事跟她起过争执，大家对她的印象普遍停留在'不太熟'。还有，你们在紫金路那几个为数不多的邻居，大家只见过你，却从来没有见过金珍，有一个老奶奶问我，是不是你们那个房子里关了一个疯子，因为她偶尔会听见尖叫怒骂和打架的声音。我甚至都想过也许是她哪个粉丝——可是，以上，又怎么可能呢？"

江棉梗着脖子，非常缓慢地笑了一下："要是真的是他人所为，你作为金珍那么亲近的人，怎么会注意不到她身边埋藏着可能致命的地雷呢？连金珍的模特老师骂过金珍这种鸡毛蒜皮的小事你都告诉我们了——如果不是你刻意隐瞒，那么那个人，除了你，又能是谁呢？"

陈柏也跟着笑了："你们女人，就是虚伪。"他将椅子拖过来，与江棉面对面地坐着。

"我知道，你表面上这么正义凛然、凄凄楚楚地跟我讲道理摆事实，但心里一定在骂我畜生、人渣、冷血、无情等等你知道的所有脏话——算了，你是个好学生，知道的脏话应该也不怎么多。"他又笑了，从被压瘪的烟盒里掏出了两支颇褶皱的烟，"要不要来一支？"

"谢谢，不用了。"江棉不知道现在的自己是个什么表情，"我不抽烟。"

"好学生，好警察……"陈柏像是在嘲讽，"果然是社会主义接班人。"

"你什么意思？"

"夸你啊。"陈柏点燃了其中一支烟，"还不明显吗？"

"你知道我问的是你之前的那句话。"

在某些特殊的时刻下，"你们女人"这种群体性的泛称，实则指的只是其中一个。

"也是夸奖。"陈柏的眼神像是随着他吐出的那口白烟而迷离了起来，"天天都那么虚伪——几年如一日地坚持虚伪，不是件简单的事。"

"陈柏你什么意……"

"我问你，你觉得我和金珍配吗？"

"什么配不配？你和金珍这么多年的感情，难道还讲究这些东西？"

"听听，多虚伪。"陈柏看着江棉，虽然在笑，语气却让她不寒而栗，"你们女人为什么就是学不会直截了当地回答问题？是就是，不是就不是——其实你刚刚说那么多，意思不就是觉得我和金珍不配吗？"

"陈柏，是你这个问题本身就……"

"江班长。"陈柏打断了江棉，"上次我说的话可能有真有假，也可能自相矛盾，但是我说了一句特别特别发自肺腑的话，那就是我觉得金珍跟我在一块，受苦了，我配不上她。这跟我们有多少年感情是没有关系的，你明白吗？"

"高三那年，也就是2012年，是我人生中最惶恐无助的一年。"

陈柏微笑，夹在指间的那支香烟攒了好长一截烟灰也懒得弹掉。

"我曾经以为钱是我在这个世界上最不缺、最靠得住的一样东西。可是高三那年，我突然就没有钱了。你能懂我那种感觉吗？就像是坚守了很久的信念被猛然推翻，又像是走着走着就莫名其妙地被砍走了一双腿。所以我开始感到害怕、感到无助，可是我孤立无援。"

"你在开什么玩笑？孤立无援？"江棉皱眉，"你明明……"

"不用'你明明'了，我猜得到你要说什么。"烟快要烧到陈柏的手指了，或者已经烧到了，但他毫无知觉，"对，没错，我爸直到判决书下来的前一秒都在奋力挣扎，但是他不全是为了我，他还为了那个比我大不了几岁的继母，还为了他公司的运营和手底下千万人的饭碗，当然，也为了他自己。然后，我就退学了，金珍也跟着我退学了。"

"听到金珍，你可能又要质疑我的孤立无援了。"

陈柏继续微笑，仿佛除了微笑之外，他再也做不出第二个表情。

"我得承认，她这个举动实实在在地温暖了我，但我忘了，她在温暖我的时候，同时也感动了大家。于是，每个人——至少是当时我们那个年纪的人，好像一夜之间都被某个组织统一了口径，大家居然开始羡慕我，羡慕我有一个就算贫贱也不离开我的女朋友，可是，你们在看戏感叹的时候是不是忘了什么？这份所谓的'贫贱'，它并不仅仅是因祸得福的爱情试金石，它更是一颗实实在在地摧毁了我的原子弹。你们看不到这层也就算了，可你们居然……"

　　陈柏顿了顿，眼神也像是喝醉了般涣散开来。

　　"让我来猜猜，除了吃软饭让我觉得窝囊、无奈之外，我心里那些多年散不去的愤懑不平，是不是和金珍当时的壮举也有一点关系？"

　　"陈柏。"身体的疼痛和僵硬让江棉不得不将牙龈咬到发酸，"你怎么可以这么自私？"

　　"我自私？那是因为你压根不知道这些年我过的都是什么日子！"陈柏冷笑着将已经燃尽的烟头丢在了脚边，没有去踩，"其实那天我还是说了很多实话的。比如2012年那一段，我说的全都是实话，我爸就是在那个冬天病死，金珍的抑郁症也是在那个冬天开始。我还说了，那是毁灭她的开始——其实不然，因为被毁的，并不是她一个人。"

　　他停了下来，脸上散布着一种类似忧伤的东西，不过太浅了，江棉也不能确定。

　　"我和金珍陷入了一个很糟糕的恶性循环。她朝地上扔东西，我去捡；她朝我扔东西，我让她砸；她失眠睡不着觉，我陪着她整夜不合眼；她不愿意吃东西，我变着法子做她喜欢的食物；她哭个不停，我又哄又求。"

　　他顿了顿："我知道作为模特，结婚太早的话会阻碍事业发展，可她甚至连让我去接她下班都不准。渐渐地，她买的那些牌子我照着念都会出错，她飞去了哪个城市也不再跟我报备，和我说得最多的话就是'不要那么不修边幅''不要再一日千里地发胖''不要整天跟一群没有出息的卡车司机鬼混'——听到了吗，卡车司机前面加了'没有出息的'，这是骂我呢！"

他继续说："其实我现在想起来，还是很感激她病情加重到开始自残的那段时间。因为只有在那段时间内，我才感觉到以前的她回来了——房间里一片狼藉，我抱着冷静下来浑身瘫软的她。她就在我怀里一个劲地哭，哭到声音哑了就会不停地跟我道歉，说她不是故意的。你知道，就算只有她自残，但挂彩永远也有我的一份。不过，我不介意，甚至还有点欣喜，因为我能感觉到只有那时候的金珍，才是完完全全地、不带任何批判和嫌弃地依赖着我。"

"哦，对了，有一次。"陈柏又笑了，好像他接下来要说的事情，真的很令人开心。

"在我将她制伏，我们以十分熟练的姿势拥抱在角落里的时候，她突然跟我说话了——我的意思是除了'对不起'和'我不是故意的'之外的话。她跟我说，活着为什么这么苦呢？我当时一只手勒住她的腰，一只手拿着她刚刚用过的，还滴着她血的水果刀，突然就觉得非常无力和疲惫，很多画面在我脑子里一一闪过，我对她迁就的、她对我漠视的、我们两个厮打在一起的……太多了，就像是积压了很多年的情绪，在这一刻全部涌了上来。我抱紧了她，我跟她说，有的时候我真的很爱她，但有的时候我也是真的想杀了她。"

他的眼睛里突然闪过了一丝奇异的光亮。

"在我说完那句话的时候，我才反应过来，原来我已经把那把水果刀对准了她的后背。然后，我就知道了，总有一天，我会真的杀了她。"

第十八章
- 我们 -

　　"陈柏。"江棉听见自己的声音在发抖，"你告诉我，9月11号那天，到底发生了什么？"

　　"那天发生了什么……"陈柏调整了一下坐姿，稍稍捏紧了手中的打火机。

　　"我记得那天天气很好，不到30℃，还有很舒服的风，总之，是个适合约会或者出游的好日子。但有些煞风景的是，我的车在路上加完油之后点不着火了。点不着火不算什么大毛病，要么是喷油头阻塞了，要么是进气门积炭了，把相关部件清洗一下就能搞定的事。于是，加油站的人帮我联系了附近的维修站，我就这么莫名其妙地多出了大半天的空闲时间。"

　　"车子被拖去维修的时候，大概是什么时候？"

"中午，不到十二点。我记得很清楚。"陈柏笑笑，"因为他们把我一起拖到维修站的时候，大家正围在一起吃午饭，我还尝了尝他们桌上的卤牛肉，放了很多葱，我喜欢。"

"难道……"江棉猜测着，"你是趁着卡车维修的几个小时里，又回了一趟家？"

陈柏起身，貌似不经意，却是实实在在地点了点头。

"那你不是故意要杀金珍的，对不对？"江棉随着陈柏的动作而仰起了脸，"如果你是故意的，那你完全没必要真的开车出省送货，做做样子然后等待时间就行了——可你去了，只不过是刚好撞上卡车有问题需要维修，对不对？"

但随即江棉又困惑起来："可如果你不是为了杀金珍而回家，那么你回去是为了什么呢？我们是11号下午六点二十分左右与你联系上的，根据信号定位，那时候你的确在离本市三百多公里的地方——从十二点到六点，六个小时。"

江棉强调道："你在六个小时之内，差不多来回跑了两三个地方。没有特定目的的话，谁信？"

"那如果我说，我回去的目的只是一袋糖炒栗子的话，江警官，你信，还是不信？"

江棉的眉头因为陈柏那句刻意的江警官而皱了起来。

她问他："糖炒栗子？"

"是。就是一袋糖炒栗子。"陈柏说,"维修站的老板有一个刚上小学的女儿,她抱着一袋糖炒栗子朝我跑过来,要我帮忙剥,剥了几颗之后我发现栗子很香,然后,老板娘告诉我是在高铁站的出站口买的。"

"维修站和高铁站离得很近?"

"不远。骑摩托车过去大概十五分钟不到。"

"所以你在买完栗子之后,心血来潮地想回家一趟?"

江棉大概估算了一下乘坐高铁所需要的时间,一个来回加起来也不过三个小时。

所以,对于那天的六个小时和三百公里来说,是说得通的。

"错。"陈柏摇了摇头,"不是心血来潮。我在去高铁站的路上就想好了,买两袋栗子,然后坐高铁回去送给金珍,这几年她很喜欢吃栗子。"

"你是专程回去送惊喜的?"

江棉一愣,她怎么也没想到凶杀案中竟然会有这样的起始戏码。

"惊喜?你饶了我吧,江警官。"陈柏夸张地笑了两声,"你又不是不知道最后的结果是怎么样。惊喜?大概只有惊没有喜吧。她先给我一惊,我再给她一惊,你来我往,很公平。"

接着,他敛了笑意:"我大概是一点二十五分到的家,她正站在阳台上往洗衣机里塞脏衣服,然后她看到了我。"

陈柏说到这里停了一下，他看着江棉："不如你猜一下，她跟我说了什么？"

但不等江棉回答，陈柏又自顾自地开了口："她跟我说，'你怎么回来了？'别误会，她用的不是惊喜或者开心的口气，如果这句话被写出来，那么它的后面接的不是感叹号，而是一个实实在在的疑问号。她皱着眉，脸上是我最不愿意看见的嫌弃，然后她就站在原地，纤细的手指像是弹琴一样在洗衣机上设置着模式。等我听到那个滚筒开始发出轰隆隆的声音时，我才发现，我已经冲上去把她拎起来，并且用力地将她抵在了墙壁上。"

江棉静静地听着，没有打断，也没有插话。

"虽然平常我对她动手是以阻止她自残为目的，但那个时候我才发现，原来我的本性和肌肉比我的愤怒和不甘更暴烈，它们清楚地记得哪里是金珍的软肋，哪里能让她瞬间丢盔弃甲——当然，我也的确那么做了。如果你们非要给我安一个家暴的名号，那么，我只认这一次。"

陈柏转回话题："她一直在反抗，哪怕没有力气，哪怕明知道反抗不了，她也一直在反抗，她不断地踢我、推我，牙齿和指甲统统没有闲着——其实我想，当时的我和她应该和以往她抑郁发作时没什么两样。唯一不同的是她的眼泪和类似小兽般的号叫被洗衣机的轰隆隆盖掉了一大半。"

他回忆着："我恶狠狠地看着她，说实在话，我老早就想撕开一切温存的表象去看她了。你以为在见过她那么多次病态、血腥、要死不活的样子后，我就一点都不反感恶心吗？我问她，什么叫我怎么回来了，这是我的家我怎么就不能回来了；我还问她，是不是后悔跟着我一起退学了，是不是早就看我不顺眼了，是不是早就把我当成一条带不出去的狗了，是不是因为和我这个没出息的卡车司机结了婚她才觉得人生太苦……"

他顿了顿："我想我当时一定是疯了，我到现在还能想起我骨子里那阵战栗声，我提着她，就像提着一只破烂的布娃娃，我不断地重复着'你不是觉得人生怎么这么苦吗，那好啊，你去死吧，死了就不苦了'……我就这么把她从阳台上扔了下去，真的是扔，她太瘦了。"

江棉感觉自己被麻绳紧紧绑住的双手里全是冷汗。

"我从来不知道你是一个这么可怕的人。"

"我也是不久前才知道的。"陈柏很凄惨地笑了一下，"但我没想要真的置她于死地——三楼的阳台离二楼才多高？摔不死人的，平常她对自己下手重多了。只是我……我是真的不知道她心脏有问题，估计连她自己也不知道。直到上次你们告诉我，我才知道有这么回事。"

"然后，你就伪装了一个她可能自杀，也可能是晒衣服不小心跌落的现场？"

"她掉下去之后就没了声响，甚至连手指头都没有再弹动一下，可我不敢去二楼确认她是不是真的死了——我特别害怕，我甚至慌到站不稳，但同时我知道此地不宜久留。保险起见，我还是布置了一下现场。尽管你看出了一百个破绽，但有，总比没有强，不是吗？"

"所以说，其实你是在接到我们的电话之后，才确定金珍真的死了？"

"对。接到你们的电话之后，我才确定金珍她真的……"

陈柏用力地吞咽了一口唾沫，眼圈好像有些泛红。

"在回程的路上，我的脑子里一片空白。我真的想了很久才想明白，原来我把我最爱的人杀死了，可我明明只是想去给她送一些她爱吃的东西。江棉，我知道我也许没有瞒过你，所以我才把你绑过来，我不想伤害你，我只是希望你……你不要说出去，你给我几天时间，让我安安静静地把金珍的葬礼办完，然后我也会随着她一起去……"

"可是你要的，"江棉仰起头，非常用力地盯着陈柏，"难道仅仅只是几天自由的时间？"

陈柏被江棉盯得一愣，不得不承认，这种过于洞悉和锋利的眼神让他在这个寂静的地下车库里心虚了起来，于是他皱着眉，狠狠地捏紧了江棉的下巴以及下颌骨。

"江棉，你是聪明人没错，但是……"

陈柏掌间的力气越来越大，同时，他也感受到江棉喷在他虎口和手背处的呼吸变得十分急促，但是他不在乎，已经走到了这一步，就没有什么东西可以让他在此刻认输。

他居高临下地看着她："我愿意去死，我说了我把金珍的后事办好后我就去死，难道法律还不准人自杀？我去死难道不比在监狱里服刑来得更'大快人心'？"

"你现在和我谈法律？"

江棉忍着逼到每一根纤细神经末端的疼痛，缓慢却清晰地笑了出来。

她知道，她的脸和她的声音正因为外界的挤压而稍有变形，她也知道，此时这个冷笑也许会挑衅到或者刺激到眼前的陈柏，但她也还是这么做了。

"你杀了一个人，有意也好，无意也罢，你就该得到相应的惩罚。可你现在要将这种惩罚强行变成你的庇佑……陈柏，你这叫逃兵。"江棉顿了顿，她感觉胸腔里储存的那些氧气已经稀薄到不够用了，"别说法律，其实任何东西都拦不住你自杀，不是吗？但是你摸着良心回答我，'大快人心'中的'人'，是不是单单就指你一个？你明明只想自己好过……"

"你给我闭嘴！"

直白到接近赤裸的话让陈柏浑身都躁了起来，他松开江棉，泄愤似的一脚将自己身旁的空凳子踢开。于是，扬起的尘土和椅子的四分五裂声，都在此刻变成了一场可以随时上演压轴大戏的背景。陈柏双眼通红地站在原地，右手已经不动声色地探进了裤兜中，摸到了那把他提早准备好的弹簧刀。

"我这一生已经活得够糟糕了，我不想临了还要背上一个杀人犯的称号——特别是杀的人还是……江棉，这件事对你来说并不难，你就真的一点情面都不讲？你别逼我，真的，反正我手上有一条人命，我自己这条烂命也打算丢了……所以你真的别逼我，否则，我不知道我自己还会做出什么来。"

"不管你做什么，我都不会帮你这个忙。"

江棉的下巴因为猛然恢复自由的缘故，此刻正不可自制地微微发着抖，但她依旧维持着仰头看人的动作，哪怕每一块肌肉都在叫嚣着僵硬和酸痛。

"就算我不是警察，我也不会配合你的。陈柏，你说得没错，你的确配不上金……"

"你给我闭上嘴！从现在开始你不许提金珍半个字！"

彻底被激怒的陈柏迅速掏出弹簧刀，用刀把直直地挥向了江棉的头部。

一阵钝重的疼痛从太阳穴开始蔓延，江棉两眼一黑，像是一株被拦腰砍断的植物，沉默地顺着陈柏击打的方向连人带椅地摔了下去。

连续四年的体能训练让江棉在倒下之后的第一时间里就找回了该有的警惕，但四肢的麻木和半边身子撞地的痛楚让她不得不倒吸一口凉气，于是，她只好费力地咬着下嘴唇来抑制住这些她不喜欢的软弱和无力，与此同时，她也没忘记她该抬起眼睛去定位陈柏此时的方向。

"是你敬酒不吃吃罚酒。"陈柏将弹簧刀换了一个方向，冷冽锐利的刀尖直直地对着江棉的脸。

他笑着朝她走近："我说了，我不知道我会做出什么事来，是你逼我的。"

突然间，光明就像水一样从外面涌了进来。

在一阵刺耳的卷闸门声过后，这个世界又重新暗了下去。

应该是进来了一个人。

强烈而短促的光照阴暗对比，让江棉的眼睛产生了暂时性的视区盲点，她听着那阵熟悉的脚步声渐渐靠近，终于，在一片模糊褪去后，看清了蹲在自己面前的来者。

"阿生……"江棉的声音很小，语气是连她自己都没有察觉到的安心和委屈。

她仔细看着祁又生微湿的头发和双肩，问道："你来的路上，外面下雨了？"

祁又生轻轻地点了点头，伸到一半的手又硬生生地收了回来——江棉脸上满是灰尘，嘴边也挂了一丁点血迹，他本来想替她擦干净，再理理头发的。

"妈的，江棉你还喊了人？"陈柏慌乱之余一把抓住了江棉的头发，并且将弹簧刀实打实地顶在了她的脖颈处，末了，才将眼神慢慢地落在祁又生脸上，"你反应再快又怎么样？还不是只抓住了椅背，而且我丑话说在前头，我虽然杀过人，但这是第一次正儿八经地拿起刀，我可保不准下一秒我就会像戳吸管一样将这个刀戳进江棉的脖子里。所以，如果你识相的话，就赶紧松手。"

祁又生没有说话，却配合地将手松开，站了起来。

"很好。"陈柏一边哑着嗓子笑，一边将江棉和椅子都扶了起来，再次掌握主动权的感觉让他不知不觉间有了些开玩笑的心思，"看来你喊来的这个救兵，还挺在乎你的。"

"说。"陈柏看着祁又生，有意无意地转动着手中的弹簧刀，"你怎么进来的？"

"金珍给我的钥匙。"

祁又生话音一落地，连江棉都感觉到了陈柏的身子一怔。

"金珍给你的？你跟她什么时候……"车库的钥匙，的确是两人都有一把。

"放开她。"

祁又生干脆地打断了陈柏喋喋不休的疑问——刚刚离得太近了没有发现，原来江棉纤细的脚踝已经被两条麻绳绑出了乌紫色的痕迹。

"放开江棉，我会告诉你一些你想知道的事情。"

"你算什么人？要我听你的？"陈柏冷笑，"我想知道的事情？

别逗了，我自己都不知道我想知道些什么。"

"陈柏陈先生，我不介意带着你回忆一些事情。"祁又生淡淡地看着眼前脸色不佳的陈柏，"你跟金珍告白的地方，在孤儿院的第二棵大榕树下，你说为了她你可以不要限量版跑车；你偶尔会叫她荞麦馒头，为此，她赌了一个星期的气，连作业也不愿意借给你抄；你们在高考结束之后曾经偷偷溜进过校园，她在空荡荡的篮球场上对你说，她一点都不后悔当时跟你一起退学；她模特转正的那一晚，你们为了庆祝去市中心吃了日料，将卡里的钱刷得只剩一块七角四……"

"够了！"陈柏怒不可遏地吼了出来，他眼眶通红，喘息声粗重得像是一只即将进入战斗状态的野兽。

他死死地盯着眼前的祁又生，不知不觉间，身上的 T 恤已被冷汗浸透。

"你怎么……怎么会知道这些事情？"陈柏挣扎了好几分钟，还是问出了口。

"我有我的办法。"祁又生并没有打算再在这些无谓的事情上浪费时间，从江棉的脸色来看，她现在应该非常难受了，"我只问你，金珍留下来的话，算不算你想知道的事情？"

"她留下来的话，怎么会……"

陈柏瞬间变得有些颓然，虽然他打心眼里认为这极有可能是个诈，但他却非常想知道金珍到底留下了些什么话——毕竟眼前这个男人刚刚所说的事情，一件都没有错。

他没有告诉江棉，在他将金珍扔下阳台时，金珍的脸上只有过一瞬间的错愕，很快，那层薄如蝉翼的错愕就被底下的轻松和舒缓戳穿了——这是真的，他绝对没有看错。

所以，他认输了。就算是诈，但毕竟裹着一层金珍的名义，他想听听看。

"那你说，金珍她……说了什么？"

明明问的是祁又生，江棉却不由自主地紧张了起来。

她在来赴陈柏这个约之前还反复问过祁又生的，但都没有得到她想要的答案。

"喂！"陈柏有点不耐烦了，他也是刚刚才发现的，原来不到一分钟的等待，也能变得如此煎熬与焦灼，"金珍她到底说了什么？"

江棉小心翼翼地做了一个深呼吸，她不敢大幅度地乱动，因为她能够感觉得到那把贴着她脖颈的刀十分锋利，它的冰凉牵绊着她每根神经，并且像是连锁反应般带起了一阵战栗和酥麻的鸡皮疙瘩，所以她只能用眼睛，深深地看着几步开外的祁又生。

"她问人活着为什么这么苦。"

祁又生虽然是在回答陈柏，眼神却是定定地看着江棉。他们在对视。

陈柏一愣，脸上的表情瞬间变得复杂起来。

有遗憾，有悔恨，有怀念，有悲戚，总之，它们统统可以被称之为——柔软。

而祁又生和埋伏在车库周边的刑警们，等的就是这一刻。

只要陈柏有所放松，那么，就是他们破门而入将陈柏一举拿下的好时机。

接下来的几分钟，江棉已经记不清到底发生了什么。

她只知道她听见了一阵急促的碎步声和身后玻璃窗碎裂的声音，陈副队的那句"不许动"的语气，简直就是经典警匪片里的台词模板。

接着，陷入了暴怒和慌乱的陈柏狠狠地拽了一把她的头发，真疼啊，可是他到底说了些什么却听不见了，只能看见他干涩的嘴唇一开一合和那把被他高高扬起的弹簧刀，接着，刀狠狠地捅了下来。

血溅了江棉一脸。

又热又腥。

但是在那一瞬，她被某种力量蛮横地推了出去。

血不是她的。

"我去，绑得可真紧。"可乐一边抱怨，一边给江棉松绑，"瞧瞧，青青紫紫的，下手该有多重。怎么你的脸好像也有一边肿起来了？行了，江棉，这次特殊任务圆满成功，你算是豁出去立了大功了，不如我们来赌一把今年的优秀警员到底是你还是陶兮楚……喂，你去哪儿？你还能走得动吗，你？"

江棉没有回头，不仅是可乐的呼唤，甚至于任何一个经过她的同事说了什么，她都听不见了。

她只知道，她得找到他。

江棉咬着牙，用麻木到快要失去知觉的右手狠狠地抹了一把脸上的血。还是热的。

原来刚刚那一连串的事情，真的只发生在几分钟之前。所以他，一定还在周围。

可是长时间的捆绑让走路这件事变得异常艰难，而蔓延了整条腿的酸痛和僵硬，也把江棉变成了一只快要散架的小木偶。她跌跌撞撞的，像是下一秒就要跌倒在地。

尽管如此，她也还是跟上了祁又生的担架。

"你……疼不疼？"

话一出口，江棉才发现，原来在她脸上散发着热意的，不仅仅只有祁又生的鲜血。

"不疼。"

面色苍白的祁又生在一片嘈杂声中准确地捕捉到了江棉的声

音，他费力地睁开眼，想对江棉笑一下，但他发现他好像没有这么多力气。

"你为什么会到这里来？"江棉吸了吸鼻子，"这次特殊行动，我明明没有告诉你。"

"觉得你可能有危险，就问了金珍，然后赶了过来。"

"阿生。"

虽然在储存联系人的时候备注是阿生，但直接这么喊出口，却还是有些羞赧。

"你跟我说实话，你到底疼不疼？"

"好吧，有一点。但毕竟不是致命的位置……别，江棉……"

祁又生蹙着眉，将本来的笑意隐隐地压了下去，他低声咳嗽了两下，在腥甜味再次涌上喉咙的那个瞬间里，他朝着江棉的手摇了摇头。

"别碰我，脏。"

"血有什么好脏的？"江棉像是在赌气，"我都见过那么多了。"

"不是血脏。"祁又生看着江棉，她的头发比之前更乱了，"是我脏，你最好不要碰我。"

江棉猛然鼻子一酸，接着不管不顾地攥住了祁又生的手。

"祁又生，你不可以这么想。就算你的手比我想象中的还要凉一些，可是又怎么样呢？你也还是我见过的男人中，最了不起的那一个。你一定，一定要相信我这句话。"

"知道了。"祁又生笑笑，轻轻地回握住了江棉的手，"还有，你今天穿得很漂亮。"

"不过，你不能把我爸也算进去，因为我只见过他的照片，所以不算我见过的。"

"好。"祁又生点头，继而缓缓地将眼睛闭上，"但是江棉，你也得相信我一句话。"

"好，你说，我在听。"

"其实从第一次见面起，我就觉得你的眼睛很亮，你也很好看。"

"知道了。"莫名地，江棉就开始泪如雨下，"我知道了，阿生。"

黑暗和倦意像深海一般朝祁又生涌去，但他知道，他的手心里，正握着一座温暖的灯塔。

全文完

番外一
-致江棉-

江棉：

现在是北京时间下午两点五十八分，窗外的雨停了。

很突然，我就是在这时候，想要写一封信给你。

当然，我也知道这个开头有些例行公事般地无聊，或者说一时兴起的想法也看不出什么诚意，但是你知道我的，所以，请你稍微耐心一些，将它看完。

我们的第一次见面是在枫林街的一家便利店。

你慌慌张张地撞进了我怀里——好吧，事后想想，其实这个情节有些俗套。但当时的我没有想那么多，我只是觉得当你靠着冰柜门站起来的时候，后背一定有些疼。

我没有告诉过你，你凸出的蝴蝶骨很好看。但就算好看，以后你也得多吃饭。

然后，你站直了身体，非常直接地看着，或者说是打量着我。

说实话，江棉，要是换作别人，我会觉得这种探究式的眼神不礼貌，至少它逾越了我心中陌生人之间的安全距离，但很奇怪，你这么看我的时候，我并不反感。

你前几天还笑着跟我说，是那张掉了的饭卡把八竿子也打不着的我和你联系了起来。

其实不然，饭卡我可以选择同城邮寄，也可以拜托在公安局工作的邻居归还，但最终我还是请了一个小时的假，站在了你面前。大概是从便利店中你看着我，我看着别处，鼻间却塞满了你发香的那一刻起，有些东西，就变得不一样了。

江棉，我不知道你有没有听过一个说法——当你开始在意一个人的时候，宇宙会推动你们之间的距离。也许你会觉得它浪漫，又或者你会觉得它愚蠢，但不管如何，它不算太离谱。

尽管推动我们的，是一起起既不太浪漫，也不太愚蠢的凶杀案。

这段养伤的日子，我将你留下的电影清单一一看完了。

我记得那天下着小雨，地面积了大大小小的水洼，吹到脸颊旁的风很潮湿，窗外有阵阵清甜的桂花香，你眨着透亮的眼睛，一边对我笑，一边在 A4 纸上写写画画，偶尔会停下来，然后皱着眉咬一下笔杆子——你总能在某些时刻让我觉得你像个小孩子。

　　其实除了你写下的这些之外，我把《爱丽丝梦游仙境》第二部也看了。

　　跟红皇后的大头没有关系，我只是在某一个瞬间想起了你向奶奶解释爱丽丝和疯帽子时的表情，所以我突然很想知道，他们接下来还发生了什么。

　　爱丽丝从小女孩变成了一个要继承父亲梦想的女船长，而疯帽子因为家族变故和朋友的不信任，变得再也快乐不起来，就这样，久违的两个人，再次相遇了。

　　这故事我看得不算太认真，但有两处地方让我想到了你。

　　一处是因为爱丽丝的到来，打破了疯帽子被时间大叔定义成一分钟的茶会。还有一处是因为爱丽丝相信了疯帽子，失去所有颜色濒临死亡的疯帽子又重新活了过来。

　　她打破了他狭隘的永恒，又毫不吝啬地用信任拯救了他。

　　这份意义，是挚友，是爱人，是灵魂伴侣，就像——你于我而言。

　　你就像是从另一个世界而来，治愈了我的爱丽丝。

　　尽管我知道你最想成为的是英姿飒爽的花木兰，但这不影响我接下来要说的话，你知道我的，我不太善于言辞，我绕了这么大一圈，甚至还拿出了奶奶念念不忘的爱丽丝和疯帽子——我只不过，是想要郑重地跟你说一声，谢谢。

　　谢什么呢？你肯定会这么笑着问我。

　　那我挑一个最近的来回答，你上午送来的骨头汤和粗粮粥都很好吃，汤底很浓，红豆很软，奶奶很开心地说祁家终于有了一个厨艺比她好的人。

　　所以，江棉，谢谢。

祁又生

番外二
- 致阿生 -

阿生：

入秋之后的气候很干燥，我半夜总是会下楼找水喝。

因为我妈妈的睡眠很轻，所以我都是关着灯，光着脚，从一级级的木质楼梯上走下来。

黑暗中，人的嗅觉会灵敏许多，一切都变得有味道起来。

比如被我妈妈放置在各个角落里的水彩颜料和碳粉是涩涩的苦味，客厅里的沙发和茶几是陈年的旧味，路过的餐桌和碗柜是香咸的油味。

最后，我到达目的地——嗡嗡作响、会发出橙色光芒和冰冷空气的冰箱。

我把放了两片薄荷叶的水提前冰在这儿了，我知道我会来找它。

就像我知道，在我越过一片寂静的夜色和复杂的世间万事之后，一定会回到你身边。

对，是"回"，不是"来"。你让我觉得亲近，哪怕你大多数时间都是清冷的样子。

这段时间我的脑子里有些乱，可乐常常骂我是恋爱分神、关心则乱。

其实跟恋爱没有关系，你知道我不是那种女孩子。

除了担心你伤口会不会再裂口之外，我想得更多的，是上次你替人入殓时的样子。

那是我第一次目睹你的工作状态，同时也是第一次亲眼观看入殓。

说实话，和电影里演的有很大差别。

但我还是在你鞠躬之后的那声"一路好走"里，莫名其妙地落了泪。

然后，你走过来跟我说，刚才那位往生者告诉你——你的女朋友好像躲在角落里哭了喔。

真丢脸，阿生。我说的是我。

在警校里突破人体极限的体能训练，和真正交心过的人生离死别，甚至被当成命悬一线的倒霉人质——这些，都没有让我的眼眶湿一下。

可是当我看着你那么温柔专注地替人入殓时，我就想哭。

还好你没有问我突然落泪的缘由，也没有推开当时拥住你的我。

其实你是我见过的，最温柔的男人。但是这句话，我一直没好意思开口告诉你。

我知道从第一起案子开始，你就觉得我有些傻。

你说我好像总是因为案子和一些他人的事情用了自己太多的情绪和精力，你还说这并不是一件错事，只是对我个人而言，它算不上一件太好的事。

阿生，从来没有人这么跟我说过。

因为家庭的特殊情况，所以我一直以来都很想靠着自己的力量去证明，或者去得到一些什么东西，小时候大概是成绩，长大了就变成了案子。

然后你出现了，你告诉我，其实我可以不用那么努力，甚至是兢兢业业地活着。

我想了很久，如果一定要我完全放松，只需要心安理得接受的话——那么来源处，我只愿意是你。但恰恰因为来源处是你，所以我才想要更加努力，变成一个更好的自己。

——我必须是你近旁的一株木棉，作为树的形象和你站在一起。

阿生，我喝完这杯水了，嘴里的薄荷味很浓，冰箱也依旧在嗡嗡作响。

大概还有三个钟头天才会慢慢地亮起来，可是从这一刻起，我就已经开始想你了。

所以，阿生——其实每次这么叫你，都会让我的心变得潮湿和柔软。

那么阿生，明天见。

江棉

立刻关注小花阅读官方微信

《弥弥之樱》

笙歌 / 著

6 万字免费读

扫一扫，关注大鱼小花阅读

小花阅读【美好时光列车】系列 03

镜头前老干部作风的当红小生
X 爱到深处自然黑的资深黑粉

程淮是她的竹马，是别人家的孩子，是当红小鲜肉
声深受压迫二十年，直到有一天程淮变成了矿泉水瓶大小……

《推倒程小淮的 108 种姿势》终于得见天日啦！

有爱内容简读

"是时候告诉大家了，其实我就是他的女朋友。"

喜欢你多久了呢？

从你刚刚那样子亲吻我；从你坐在对面教学楼，我们隔着一个小广场的距离相视而笑，从我们每次回家的时候，你让我靠在你肩膀休息；从你隔着被子把我抱在怀里哄我起床的时候……

我想起过往的点点滴滴，才确定，如果是命运的安排，那我睁眼看到你的第一眼起，就注定要喜欢你。

腹黑忠犬的都市捉妖人 × 变成土豆的倒霉妖王

身为妖王却一着不慎成了土豆，只能以卖萌为生
千黎表示：我从未见过如此难搞的人类！

哪怕活了一千五百年，我这也才是初恋！

有爱内容简读

千黎不知不觉就弯起了嘴角："我倒是对你更感兴趣。"
李南泠不禁打了个寒颤："女孩子家家的，别笑得这么荡漾。"

她的声音仿佛有着蛊惑人心的力量，盘踞在李南泠脑子里挥之不去的声音徒然间全部消散，他将那柄槐木剑高高举起，只一剑下去，所有锁链皆应声而断。

他脑子里也仿佛有根弦就此断去，无数记忆碎片蜂拥而至，如潮水一般涌来，纷纷灌入他脑子里。

渐渐地，那些碎片交汇拼凑成一幅幅完整的画面，犹如放电影般在他脑海里一帧帧跳跃。

他在这短短一瞬之间，仿佛又重新经历一世轮回……

图书在版编目 (CIP) 数据

路途遥远，我们在一起吧 / 姜辜著. -- 上海：上海文化出版社，2017.3（2020.1 重印）

ISBN 978-7-5535-0682-1

Ⅰ.①路… Ⅱ.①姜… Ⅲ.①长篇小说－中国－当代 Ⅳ.① I247.5

中国版本图书馆 CIP 数据核字 (2017) 第 018828 号

责任编辑　詹明瑜　蔡美凤
特约编辑　菜秧子
装帧设计　刘　艳　米　籽
封面绘制　Dogi
印务监制　李红霞
责任校对　彭　佳

路途遥远，我们在一起吧

姜辜　著

出　　版　上海文化出版社
出　　品　上海故事会文化传媒有限公司
　　　　　（200020 上海市绍兴路 74 号　www.storychina.cn）
发　　行　上海文艺出版社发行中心
　　　　　（上海市绍兴路 50 号）
印　　刷　三河市华东印刷有限公司
开　　本　880×1230　1/32　印　张　9.125
版　　次　2017 年 3 月第 1 版　印　次　2020 年 1 月第 2 次印刷
书　　号　ISBN 978-7-5535-0682-1/I.195
定　　价　39.80 元

故事会　大众文化出版基地　www.storychina.cn　　上海故事会文化传媒有限公司　出品(00620)www.storychina.cn

本书如有印装问题，请与印刷厂联系调换。联系电话：0731-82755298